HERGÉ

WERKAUSGABE

DIE ZIGARREN DES PHARAOS
POPOL UND VIRGINIA
BEI DEN LANGOHR-INDIANERN
STUPS & STEPPKE

3

CARLSEN

HERGÉ WERKAUSGABE

Band 1:	Totors Abenteuer Tim im Lande der Sowjets	Band 10:	Die sieben Kristallkugeln Der Sonnentempel Lustige Geschichten
Band 2:	Tim im Kongo Tim in Amerika Der brave Herr Mops	Band 11:	Im Reiche des schwarzen Goldes Stups und Steppke
Band 3:	Die Zigarren des Pharaos Popol und Virginia bei den Langohr-Indianern Stups und Steppke	Band 12:	Reiseziel Mond Schritte auf dem Mond Der Triumph von Apollo XII
Band 4:	Der blaue Lotos Der Arumbaya-Fetisch Stups und Steppke	Band 13:	Der Fall Bienlein Das Tal der Kobras Stups und Steppke
Band 5:	Das Vermächtnis des Mister Pump Rekordflug nach New York Stups und Steppke	Band 14:	Kohle an Bord Stups und Steppke
Band 6:	Die schwarze Insel König Ottokars Zepter Herr Bellum	Band 15:	Tim in Tibet Die Juwelen der Sängerin Stups und Steppke
Band 7:	Die Manitoba antwortet nicht Der Ausbruch des Karamako Stups und Steppke	Band 16:	Flug 714 nach Sydney Tim und die Picaros Stups und Steppke
Band 8:	Die Krabbe mit den goldenen Scheren Der geheimnisvolle Stern Stups und Steppke	Band 17:	Tim und die Alpha-Kunst Stups und Steppke
		Band 18:	Wie entsteht ein Comic? Stups und Steppke
Band 9:	Das Geheimnis der »Einhorn« Der Schatz Rackhams des Roten Stups und Steppke	Band 19:	Tim und Struppis Weg in andere Medien Hergé: Der Zeichner und sein Werk Ein Interview mit Hergé

CARLSEN COMICS
1 2 3 4   02 01 00 99
© Carlsen Verlag GmbH · Hamburg 1999
Aus dem Französischen
LES CIGARES DU PHARAON / POPOL ET VIRGINIE CHEZ LES LAPINOS / QUICK ET FLUPKE
Copyright © 1990 by Hergé/Casterman
Begleittexte: Benoît Peeters
Redaktion: Joachim Kaps
Herstellung/Layout: Rüdiger Mohrdieck
Produktion: Casterman (Tournai/Belgien)
Druck und buchbinderische Verarbeitung: Lito Terrazzi
Alle deutschen Rechte vorbehalten
ISBN 3-551-74243-X
Luxusausgabe: ISBN 3-551-74263-4
Printed in Italy

Inhalt

DIE ZIGARREN DES PHARAOS (1932–1934)

Ein echtes Abenteuer

6

Der Comic

11

POPOL UND VIRGINIA BEI DEN LANGOHR-INDIANERN (1934)

Drei Versionen einer Geschichte

78

Der Comic

81

STUPS & STEPPKE (ab 1930)

Eine Karriere mit Höhen und Tiefen

148

Comics

153

Farbige Illustration eines Motivs für die erste Buchausgabe von *Die Zigarren des Pharaos* aus dem Jahre 1934.

DIE ZIGARREN

DES PHARAOS

Ein echtes Abenteuer

Schon bei der Umsetzung der vorangegangenen Geschichten um den pfiffigen Reporter Tim hatte Hergé sich mehr und mehr von der Aneinanderreihung einzelner Gags hin zu einer durchgehenden Erzählung mit klassischem Spannungsbogen zu bewegen versucht. In vollem Umfang wurde er diesem Ziel aber erst mit dem Abenteuer *Die Zigarren des Pharaos* gerecht, das in der ursprünglichen Schwarzweiß-Fassung vom 8. Dezember 1932 bis zum 8. Februar 1934 unter dem Titel *Les Aventures de Tintin, reporter en Orient (Die Abenteuer von Tim, Reporter im Orient)* in *Le Petit Vingtième* veröffentlicht wurde.

Waren es zuvor die geographischen Gegebenheiten und die zeitgenössische Betrachtung einzelner Länder gewesen, die Tims Erlebnisse geprägt hatten, so entdeckte Hergé nun das Geheimnisvolle. Elemente des Kriminalromans und das Unwirkliche hielten Einzug in eine Welt, die bislang nur das pure Abenteuer in Reinkultur gekannt hatte. Der Ausgangspunkt für diese Geschichte war Hergé durch Meldungen in der Sensationspresse der damaligen Zeit geliefert worden.

Der Fluch des Tut-Ench-Amon war damals Stoff für viele Berichte und Gegenstand endloser Diskussionen. Der Ägyptologe Howard Carter und sein Team hatten im November 1922 das Grabmal des jungen Pharaos freigelegt und somit für eine der bedeutendsten archäologischen Entdeckungen überhaupt gesorgt. Was diese Entdeckung jedoch noch viel spektakulärer machte, war, dass alle Ausgrabungsteilnehmer in den folgenden Monaten von einer geheimnisvollen Krankheit, die der damaligen Wissenschaft vollständig unbekannt war, dahingerafft wurden. Das Thema des Fluches faszinierte Hergé so sehr, dass er es später in *Die sieben Kristallkugeln* ein zweites Mal aufgriff.

In *Die Zigarren des Pharaos* verwendete er die Ägyptologie allerdings fast nur als Hintergrund für Geschehnisse, die einen weitaus realeren Gehalt haben. Bald schon stellt sich heraus, dass das Grabmal des Kih-Oskh das Versteck von Drogenhändlern ist. Auch Waffen, mit denen gewissenlose

Die Gegenüberstellung des Helden macht die starken Unterschiede in der zeichnerischen Ausarbeitung der Urfassung (1933) und der heute bekannten Version von *Die Zigarren des Pharaos* (1955) besonders deutlich.

Abenteurer handeln, bilden ein wesentliches Element des Albums. Hier hatte sich Hergé den berühmten Franzosen Henri de Monfreid als Vorbild genommen, der sich später einen Namen als Schriftsteller machen sollte. Hergé zeichnete ein kaum verhülltes Bild dieser schillernden Persönlichkeit: Er ist der Kapitän des Schiffes, von dem Tim vor dem Ertrinken gerettet wird.

Neues Stammpersonal

Aus heutiger Sicht ist das Album nicht nur ob seiner spannenden und geheimnisvollen Geschichte bedeutsam, sondern auch, weil darin vier Figuren ihren ersten Auftritt hatten, die im Laufe der weiteren Jahre zum Stammpersonal der Serie heranwachsen und ihr Universum entscheidend prägen sollten.
Da ist zunächst der reisende Kaufmann Oliveira de Figueira aus Lissabon, der in seinem Wanderladen nahezu alles verkauft, was man sich nur denken kann. »Zum Glück habe ich mich nicht von seinem Geschwätz einwickeln lassen. Wenn man nicht aufpasst, sitzt man mit lauter Kram da«, murmelt Tim selbstzufrieden, während er dem Laden des Kaufmanns nach ihrer ersten Begegnung den Rücken zuwendet – voll bepackt mit einem Zylinder, Skiern und Skistöcken, einer Gießkanne, einem Wecker und noch manch anderem Krempel.

Während Figueira sich auch bei seinen späteren Auftritten mit kleinen komischen Gastauftritten begnügen musste, sollte die zweite neue Figur im weiteren Verlauf der Serie eine immer wichtiger werdende Rolle einnehmen. Gemeint ist hier natürlich der Finsterling Rastapopoulos, jener Gauner, der sich nur zu gerne mit dem Deckmäntelchen des ehrbaren Geschäftsmannes umgibt. Obwohl er am Ende des Bandes scheinbar in den Tod stürzt, taucht er schon bald wieder auf und entwickelt sich zum entscheidenden Gegenspieler Tims, der dem Reporter immer wieder in die Quere kommt.

Die bedeutsamsten neuen Helden waren jedoch ganz ohne Zweifel die beiden Detektive Schulze und Schultze (in der Urfassung noch unter den Namen X33 und X33a auftretend), die heute in ihrer perfekten Verkörperung von Dummheit und Selbstgefälligkeit selbst dem allseits beliebten Kapitän Haddock bei so manchem Leser den Rang ablaufen. In seinem Buch *Le Monde de Tintin (Tims Welt)* hat Pol Vandromme sie wie folgt treffend beschrieben: »Die Schul(t)zes lassen einen um die Intelligenz trauern. Sie haben Gesichter und Schnurrbärte wie Stachelschweine und ihre Melonen waren schon vor einem Jahrhundert aus der Mode.

»Hallo, Brüssel? Hier Rawhajputalah!« – Mit Titelbildern wie diesem vom 8. März 1934 verlieh *Le Petit Vingtième* den »Reiseberichten« von Tim die nötige Authentizität.

Tims Kampf gegen die Giftschlangen wurde bei der Überarbeitung des Albums für die farbige Ausgabe von 1955 gekürzt.

Ihre Augenbrauen sind verzweifelt fragend hochgezogen. Ihre Anzüge wirken wie von klebriger, schwarzer Tinte durchtränkt, sie haben Fastnachtsnasen in Karnevalsgesichtern und tragen genagelte Schuhe mit Bleisohlen. Egal, ob man sie von vorne oder von hinten betrachtet – sie bleiben stets ausgesprochene Dummköpfe.«

Die heutige Fassung

Wie die anderen frühen Abenteuer von Tim und Struppi erfuhr auch *Die Zigarren des Pharaos* später noch eine Überarbeitung zu einer farbigen Version, bei der die ursprünglich 124 Seiten zu einem Album mit 64 Seiten umgebaut wurden. Dabei kam es nur zu wenigen wirklichen Kürzungen, da – wie schon bei den vorangehenden Überarbeitungen – das ursprünglich mit drei Bildzeilen pro Blatt angelegte Abenteuer nun auf die für *Tim und Struppi* typischen vier Bildzeilen pro Seite aufgeteilt wurde. So fehlen der erstmals 1955 verlegten Farbausgabe im wesentlichen nur zwei Szenen, in denen Tim gegen einige Giftschlangen zu kämpfen hat, die für den eigentlichen Verlauf der Handlung aber in der Tat nicht wesentlich waren.

Kurios mutet dagegen die Veränderung eines Details an, das in der neuen Fassung in der Chronologie der Serie keinen rechten Sinn macht: Als der Scheich Salem Aleikum Tim erzählt, dass er schon seit langer Zeit ein begeisterter Leser von dessen Abenteuern sei, zeigt er ihm nicht mehr wie in der Urfassung das Album *Tim in Amerika*, sondern *Reiseziel Mond*, das erst zwei Jahrzehnte nach Tims Erlebnissen in Ägypten erschienen ist und in dem bereits die beiden zu diesem Zeitpunkt noch unbekannten Personen Haddock und Bienlein vorkommen.

Die deutschsprachigen Leser mussten sich übrigens noch bis zum Jahr 1972 gedulden, bevor ihnen *Die Zigarren des Pharaos* als Band 5 der ersten deutschen Ausgabe bei Carlsen präsentiert wurde. In der handgeletterten Ausgabe liegt der Band seit 1997, nun mit der der Originalausgabe entsprechenden Nummer 3 vor. 1993 wurde zudem auch die ursprüngliche Fassung der Geschichte in der Reihe »Carlsen Studio« herausgegeben.

HERGÉ

TIM UND STRUPPI

DIE ZIGARREN DES PHARAOS

CARLSEN VERLAG

DIE ZIGARREN DES PHARAOS

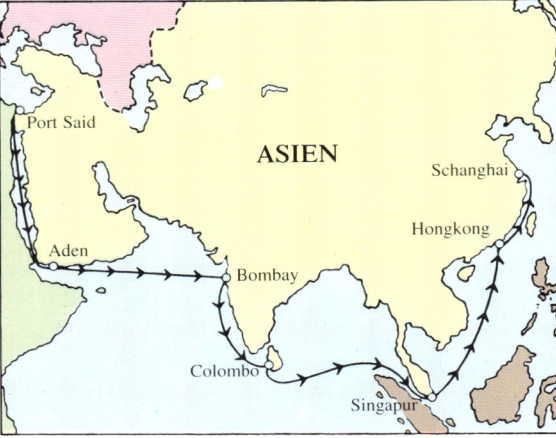

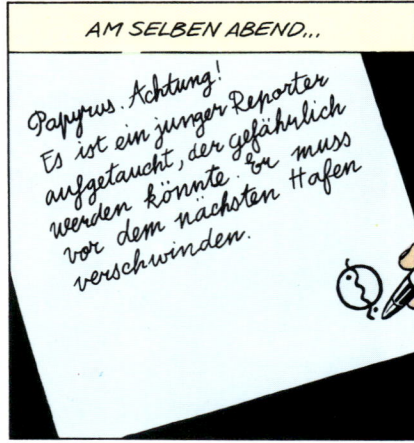

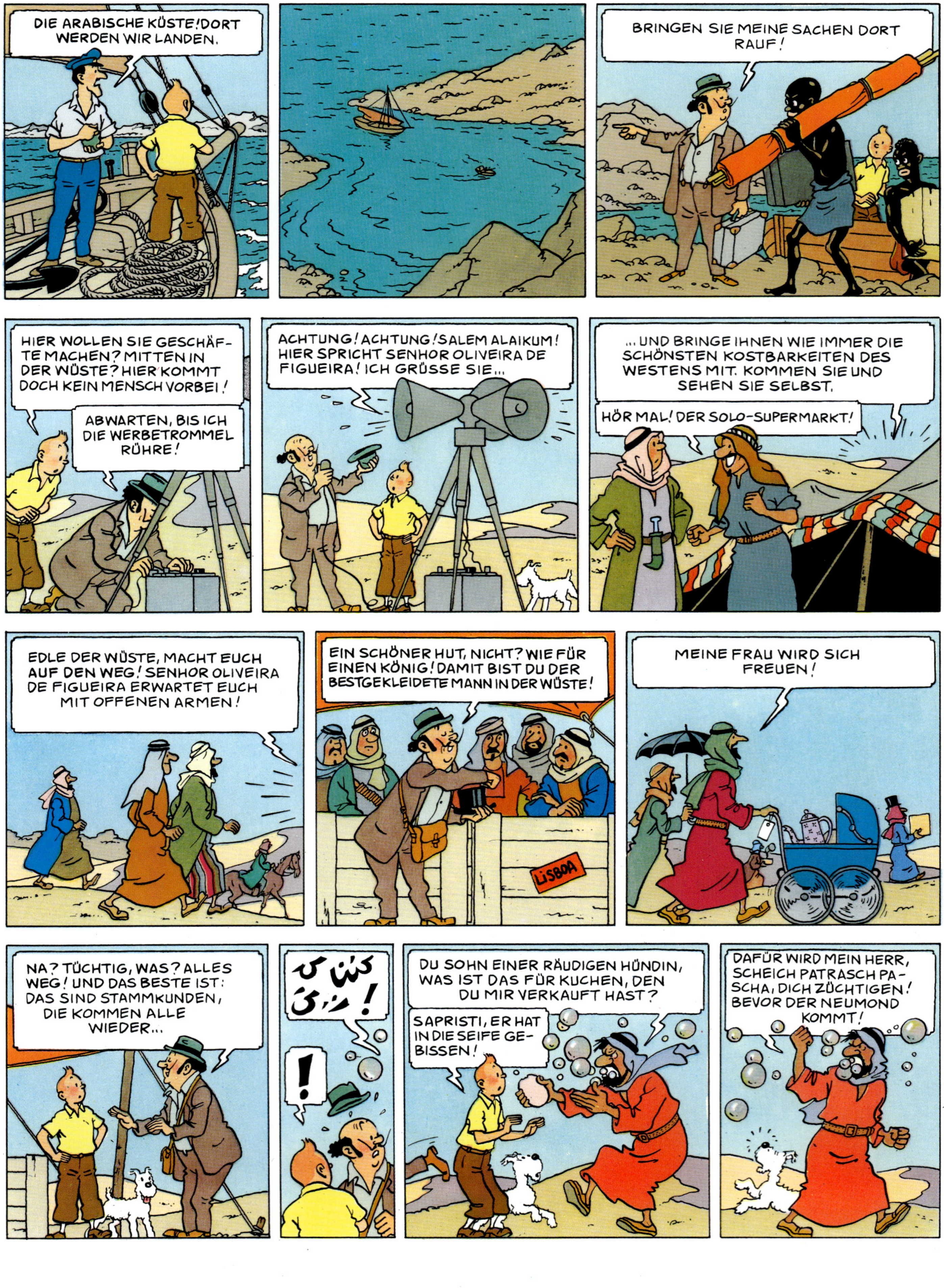

WENN ALLES GUT GEHT, SIND WIR MORGEN IN JABEKKA. MIT DEM WASSER MÜSSEN WIR ALLERDINGS SPARSAM SEIN...	ES GIBT KEINE QUELLE AUF UNSERER ROUTE, UND OHNE WASSER SIND WIR VERLOREN.	PANG PANG	HINLEGEN! SCHNELL! PANG / PANG

DIE WASSERFLASCHE!

DAS GALT MIR! ABER WARUM NUR?

EIN REITER... ER FLIEHT, NACHDEM ER MICH VERFEHLT HAT!

MICH HAT ER ZWAR NICHT GETROFFEN, ABER MEINE WASSERFLASCHE ...DAS IST FAST GENAUSO SCHLIMM!

MEHRERE STUNDEN SPÄTER...

WIR SIND GERETTET, STRUPPI! EINE OASE!

SIEHST DU, MAN SOLL NIE DIE HOFFNUNG AUFGEBEN!

!

ACHTUNG! GEFÄHRLICHE FATA MORGANA

ACH, MEIN ARMER STRUPPI, WIR HABEN UNS ZU FRÜH GEFREUT...

HURRA, STRUPPI! JETZT SIND WIR GERETTET!	SIEH MAL! DIESMAL IST ES KEINE TÄUSCHUNG! ENDLICH WAS ZU TRINKEN!	HALLO, MEINE HERREN BEDUINEN! HÄTTEN SIE ZUFÄLLIG ETWAS WASSER?
SIE? ER! ER!	IM NAMEN DES GESETZES...	
EINFALTSPINSEL! HÄTTE ICH NUR NICHT AUF DICH GEHÖRT UND DIESES ALBERNE ZEUG ANGEZOGEN, DANN WÄREN WIR NICHT GESTOLPERT... SELBER PINSEL! WENN WIR NICHT ALS ARABER VERKLEIDET WÄREN, HÄTTE ER UNS GAR NICHT ANGESPROCHEN...	WIR WERDEN IHN BALD HABEN ...ER SAH ERSCHÖPFT AUS!	DA IST ER! JA, DA IST ER!
	BOING	‍‍‍‍

- 37 -

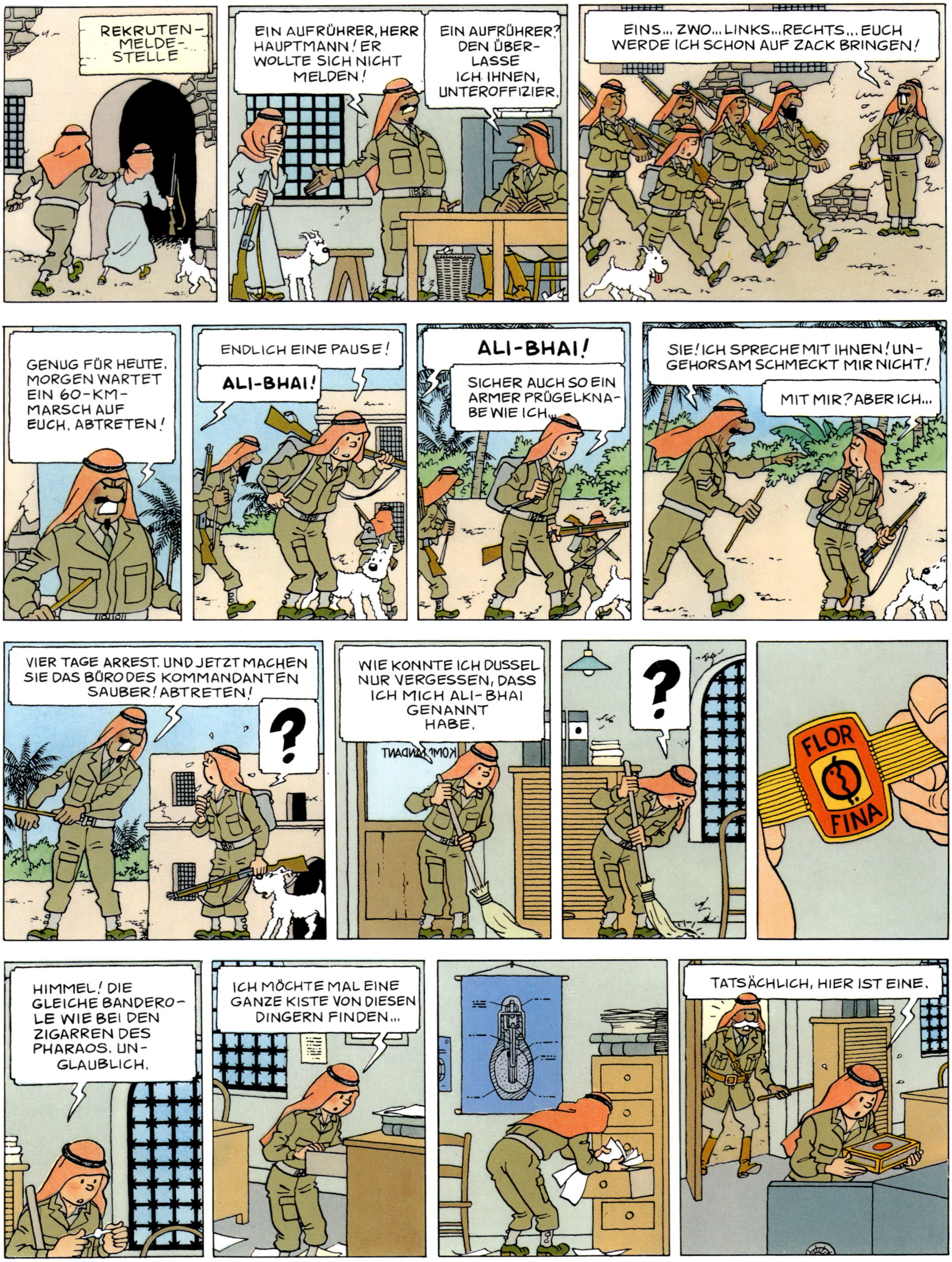
REKRUTEN-MELDE-STELLE
EIN AUFRÜHRER, HERR HAUPTMANN! ER WOLLTE SICH NICHT MELDEN!
EIN AUFRÜHRER? DEN ÜBERLASSE ICH IHNEN, UNTEROFFIZIER.
EINS... ZWO... LINKS... RECHTS... EUCH WERDE ICH SCHON AUF ZACK BRINGEN!
GENUG FÜR HEUTE. MORGEN WARTET EIN 60-KM-MARSCH AUF EUCH. ABTRETEN!
ENDLICH EINE PAUSE!
ALI-BHAI!
ALI-BHAI!
SICHER AUCH SO EIN ARMER PRÜGELKNABE WIE ICH...
SIE! ICH SPRECHE MIT IHNEN! UNGEHORSAM SCHMECKT MIR NICHT!
MIT MIR? ABER ICH...
VIER TAGE ARREST. UND JETZT MACHEN SIE DAS BÜRO DES KOMMANDANTEN SAUBER! ABTRETEN!
?
WIE KONNTE ICH DUSSEL NUR VERGESSEN, DASS ICH MICH ALI-BHAI GENANNT HABE.
?
FLOR FINA
HIMMEL! DIE GLEICHE BANDEROLE WIE BEI DEN ZIGARREN DES PHARAOS. UNGLAUBLICH.
ICH MÖCHTE MAL EINE GANZE KISTE VON DIESEN DINGERN FINDEN...
TATSÄCHLICH, HIER IST EINE.

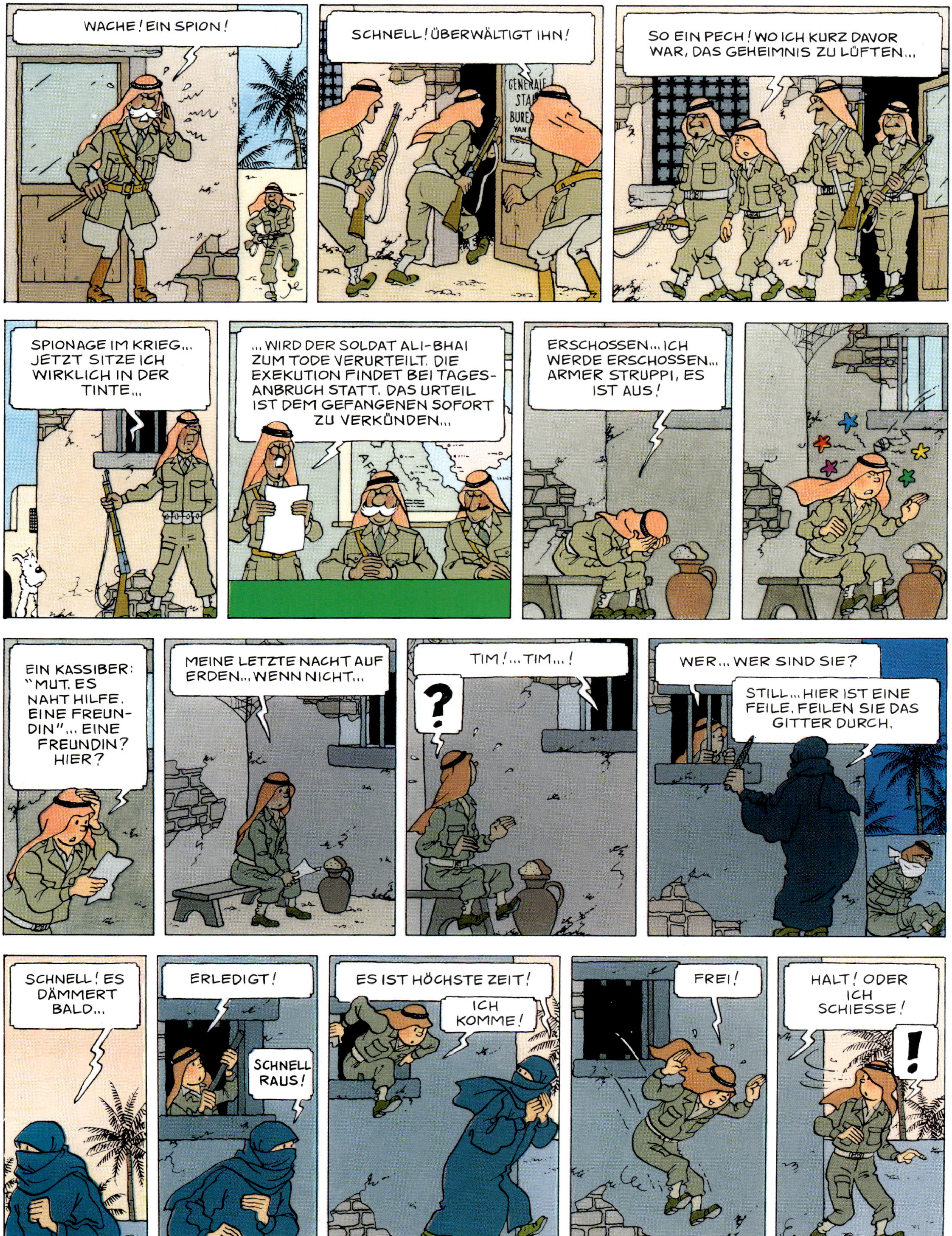
WACHE! EIN SPION!
SCHNELL! ÜBERWÄLTIGT IHN!
GENERALE STA BUREA VAN
SO EIN PECH! WO ICH KURZ DAVOR WAR, DAS GEHEIMNIS ZU LÜFTEN...
SPIONAGE IM KRIEG... JETZT SITZE ICH WIRKLICH IN DER TINTE...
... WIRD DER SOLDAT ALI-BHAI ZUM TODE VERURTEILT. DIE EXEKUTION FINDET BEI TAGESANBRUCH STATT. DAS URTEIL IST DEM GEFANGENEN SOFORT ZU VERKÜNDEN...
ERSCHOSSEN... ICH WERDE ERSCHOSSEN... ARMER STRUPPI, ES IST AUS!
EIN KASSIBER: "MUT. ES NAHT HILFE. EINE FREUNDIN"... EINE FREUNDIN? HIER?
MEINE LETZTE NACHT AUF ERDEN... WENN NICHT...
TIM!... TIM...!
?
WER... WER SIND SIE?
STILL... HIER IST EINE FEILE. FEILEN SIE DAS GITTER DURCH.
SCHNELL! ES DÄMMERT BALD...
ERLEDIGT!
SCHNELL RAUS!
ES IST HÖCHSTE ZEIT!
ICH KOMME!
FREI!
HALT! ODER ICH SCHIESSE!
!

SIEHST DU, GUT, DASS WIR UNSERE RUNDE VORVERLEGT HABEN!
SO EIN PECH! MAN HAT IHN WIEDER GESCHNAPPT!
ES DÄMMERT SCHON... ALLES AUS... KEINE HOFFNUNG MEHR...
EINE HALBE STUNDE SPÄTER...
ACHTUNG... LEGT AN...
FEUER!
PANG PANG PANG PANG
TIHIHIM!
DIESE SCHUFTE! SIE HABEN TIM UMGEBRACHT!
...ERKANNTE ICH IHN TROTZ SEINER VERKLEIDUNG. DA ICH WEISS, WIE VIEL IHNEN DARAN LIEGT, DASS ER VERSCHWINDET, HABE ICH IHN ZUM TODE VERURTEILEN LASSEN. DIE HINRICHTUNG FAND HEUTE MORGEN STATT.
WUUHUU... NIE WERDE ICH IHN WIEDER SEHEN ...WUUHUU... ICH WILL AUCH STERBEN... HIER AUF SEINEM GRAB...
ALI-BHAI SPION
IN DER FOLGENDEN NACHT...
POCH POCH POCH
ES IST ALLES VORBEREITET. SIE KÖNNEN JETZT HINGEHEN.
GUT, HIER IST DEINE BELOHNUNG. UND SCHWEIG, WENN DIR DEIN LEBEN LIEB IST...
WENIGE MINUTEN SPÄTER...

	HIER IST ES... AN DIE ARBEIT!	! ?	WAU! WAU! WAU!
	ALI-BHAI SPION	WAUU	ALI-BHAI SPION

STILL! ICH WILL DEINEN HERRN RETTEN! — MEIN HERRCHEN RETTEN?	TIM!... TIM!... SIND SIE DA? — JA! — ?	SIE HABEN MIR DAS LEBEN GERETTET, MADAME. DAS KANN ICH NIE... — SCHNELL!

WOHIN? — FRAGEN SIE NICHT. FOLGEN SIE MIR.	DA SIND WIR. — KOMMEN SIE SCHNELL REIN!	ICH WERDE NIE VERGESSEN, WAS SIE FÜR MICH GETAN HABEN, MEINE DAMEN. KURZ VOR DER HINRICHTUNG SAGTE MIR DER KORPORAL, DIE GEWEHRE SEIEN MIT PLATZPATRONEN GELADEN UND ICH SOLLTE MICH WIE TOT FALLEN LASSEN, WENN SIE SCHIESSEN. DAS HAT MIR DAS LEBEN GERETTET... ABER WER SIND SIE?

WER WIR SIND? SEHEN SIE SELBST! — SIE??	JA, WIR! WIR HABEN TAUSEND GEFAHREN AUF UNS GENOMMEN, UM SIE ZU RETTEN. — ABER WARUM HABEN SIE DAS GETAN?	WEIL WIR DEN BEFEHL HATTEN, SIE, TIM, IN HAFT ZU NEHMEN WEGEN RAUSCHGIFT- UND WAFFENSCHMUGGEL. BEFEHL IST BEFEHL. DESHALB.	POCH POCH POCH — ?

AUFMACHEN! SCHNELL! ICH BIN DER TOTENGRÄBER...	ALLES IST VERLOREN, WIR SIND ENTDECKT. DIE SOLDATEN SIND SCHON UNTERWEGS. DIE BRINGEN UNS UM.	HIER IST ES... BRECHT DIE TÜR AUF!
		DA... SEHT..., SIE SIND ÜBER DAS DACH ENTWISCHT! / UND DIE LEITER HABEN SIE EINGEZOGEN!
ALLES KEHRT! WIR KRIEGEN SIE NOCH!	UFF! SIE SIND WEG! JETZT ABER LOS!	KOMM, STRUPPI, WIR DÜRFEN KEINE SEKUNDE VERLIEREN!
	BEIM BARTE DES PROPHETEN! DER TOTE SPION! ALAAARM!	VERRAT! DER SPION! TÖTET IHN!

Panel 2: EIN FLUGZEUG! WENN ICH DA RANKÄME... NEIN, ES IST BEWACHT...

Panel 3: WAS MACH ICH BLOSS?... ICH WEISS SCHON... HILFE! HELFEN SIE MIR!

Panel 4: HILFE! RETTEN SIE MICH! DER HUND IST TOLLWÜTIG... HALTEN SIE IHN AUF!

WER? ICH?

Panel 5: HURRA! ER HAUT AB! DER WEG IST FREI.

Panel 6: ?

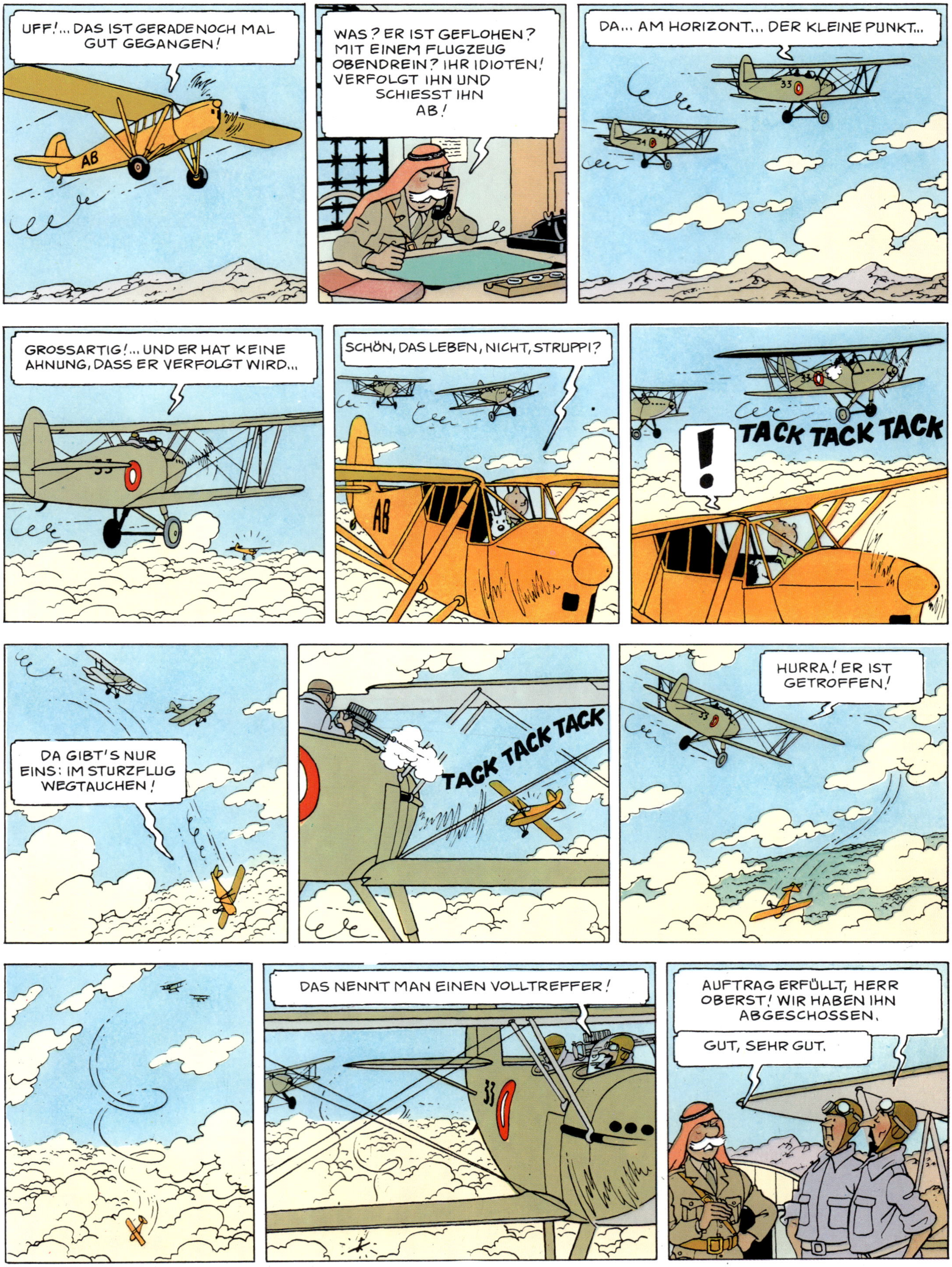
UFF!... DAS IST GERADE NOCH MAL GUT GEGANGEN!
WAS? ER IST GEFLOHEN? MIT EINEM FLUGZEUG OBENDREIN? IHR IDIOTEN! VERFOLGT IHN UND SCHIESST IHN AB!
DA... AM HORIZONT... DER KLEINE PUNKT...
GROSSARTIG!... UND ER HAT KEINE AHNUNG, DASS ER VERFOLGT WIRD...
SCHÖN, DAS LEBEN, NICHT, STRUPPI?
!
TACK TACK TACK
DA GIBT'S NUR EINS: IM STURZFLUG WEGTAUCHEN!
TACK TACK TACK
HURRA! ER IST GETROFFEN!
DAS NENNT MAN EINEN VOLLTREFFER!
AUFTRAG ERFÜLLT, HERR OBERST! WIR HABEN IHN ABGESCHOSSEN.
GUT, SEHR GUT.

- 45 -

WAR DAS JETZT ALLES?	SO, WENN ICH JETZT NUR WÜSSTE, WO WIR SIND. IRGENDWO IN INDIEN... ABER INDIEN IST GROSS.	!
KEINE ANGST, ALTER JUNGE. STRUPPI TUT KEINER FLIEGE WAS ZU LEIDE. / WUAAH! WUAAH!	LIEBER HIMMEL, DU BIST JA KRANK ...DU HAST FIEBER... WARTE MAL, ICH HAB WAS FÜR DICH.	ICH WERDE IHM CHININ GEBEN, DIESEM ARMEN TIERCHEN!
EIN RÖHRCHEN, DAS WIRD WOHL GENÜGEN.	HIER, SCHLUCK DAS!	WAS? HAT'S SCHON GEWIRKT?	HE, NUN MAL LANGSAM, MEIN KLEINER!
LASS MICH RUNTER... SOFORT!	WO, ZUM TEUFEL, BRINGT ER MICH HIN?	?

— 46 —

BAFF... TRIÄT... DIESER KLEINE MANN HIER HAT MICH VOM ELEFANTENFIEBER GEHEILT, BRÜDER.
SIEHT AUS, ALS HÄTTEN SIE EINE BESPRECHUNG. VERSUCHEN WIR ABZUHAUEN!
TR... ORRGH... HALT, KLEINER MENSCH. DU SOLLST UNSER ELEFANTENDOKTOR SEIN.
EINIGE TAGE SPÄTER...
WEISST DU, WENN DIE ELEFANTEN SPRECHEN, KLINGT ES WIE TROMPETEN. ICH HAB GENAU ZUGEHÖRT...
JETZT MACHE ICH MIR AUCH EINE TROMPETE, UM MIT IHNEN SPRECHEN ZU KÖNNEN.
ELEFANTISCH IST ÜBRIGENS GAR NICHT SO SCHWER. SOL, LA, SI, DO BEDEUTET JA. DO, SI, LA, SOL: NEIN. WASSER HEISST SOL, SOL, FA, FA. DAS HAUPTPROBLEM IST NATÜRLICH DER RICHTIGE AKZENT...
FHHH! WAS FÜR EINE HITZE... OB ICH ES MAL VERSUCHE?
OB ER VERSTANDEN HAT?
ER KOMMT ZURÜCK! ER HAT VERSTANDEN! HURRA, ICH SPRECHE ELEFANTISCH!
UND JETZT BLEIB HIER. ICH GEHE SPAZIEREN.
HÖCHSTE ZEIT, DASS ICH MICH HIER EIN BISSCHEN UMSEHE.
!
DAS KIH-OSKH-ZEICHEN! HIER?! NICHT ZU FASSEN!

WER KANN DAS BLOSS AN DEN BAUM GEMALT HABEN?!	WENN DER WEISSE FLIEDER ♪♫	SEHE ICH RICHTIG?
PROFESSOR SICLONE!	HALLO, HERR PROFESSOR! WIE KOMMEN SIE DENN HIERHER?	ERZÄHLEN SIE MIR, WAS PASSIERT IST, SEIT SIE IN DEM SARG AUF DEM ROTEN MEER DAVONSCHWAMMEN... PSST! NICHT SO LAUT!
ICH WERDE ES IHNEN ANVERTRAUEN. ABER SIE MÜSSEN SCHWÖREN, ES FÜR SICH ZU BEHALTEN! ICH SCHWÖRE... ERZÄHLEN SIE...	GUT. ALSO GANZ UNTER UNS: ICH BIN RAMSES II.!	TSCHIEP, TSCHIEP... NICHTS VERRATEN... NIEMAND WEISS ES... ICH REISE INKOGNITO.
DER ÄRMSTE! ER IST VERRÜCKT GEWORDEN. VON IHM WERDE ICH EINSTWEILEN NICHTS ERFAHREN. ...WO FINDE ICH BLOSS EINEN ARZT?	ACH JA, NATÜRLICH. ICH WEISS SCHON...	ICH HABE AUCH KLAVIER GESPIELT, ALS ICH KLEIN WAR...

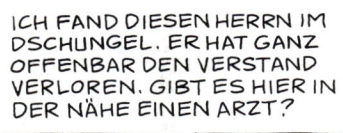

WAS MAG DER KLEINE MENSCH VON MIR WOLLEN?	GUTEN TAG, MEIN LIEBER SESOSTRIS!
KANNST DU UNS ZU EINEM ORT BRINGEN, AN DEM WEISSE MENSCHEN LEBEN?	

AH, DA IST EIN HAUS!

GUTEN TAG, MEIN HERR. VERZEIHEN SIE, WENN ICH STÖRE...

ICH FAND DIESEN HERRN IM DSCHUNGEL. ER HAT GANZ OFFENBAR DEN VERSTAND VERLOREN. GIBT ES HIER IN DER NÄHE EINEN ARZT?

DA KOMMEN SIE GERADE RECHT: DR. FINNEY IST IN DER GEGEND, ICH WERDE IHN SOFORT BITTEN LASSEN.

SIEH AN!... UNSER ZEICHEN!

ETWAS SPÄTER...

DAS IST ALLES, WAS ICH WEISS, DOKTOR. GLAUBEN SIE, DER ARME MANN KANN GEHEILT WERDEN?

MÖGLICH... AUF JEDEN FALL MUSS ER SCHNELLSTENS IN ÄRZTLICHE BEHANDLUNG. ETWA 30 MEILEN VON HIER IST EIN HOSPITAL, DAS EIN FREUND VON MIR LEITET. DORT KÖNNEN SIE IHN MORGEN HINBRINGEN.

BIS DAHIN SIND SIE MEINE GÄSTE. ICH GEBE ÜBRIGENS HEUTE ABEND EINE KLEINE PARTY! SIE SIND DOCH DABEI?

ABENDS...

HERR TIM... UNSER GUTER PFARRER PEACOCK...

...HERR UND FRAU SNOWBALL...

...DER BERÜHMTE SCHRIFTSTELLER ZLOTZKY.

SIE HABEN DA EINE SELTSAME WAFFE HÄNGEN, MAJOR. EIN HINDU-DOLCH, NICHT WAHR?

JA, EIN KUKRI...

...MIT EINER SO GENANNTEN "OCHSENZUNGENKLINGE". ICH BEKAM IHN VON EINEM FAKIR, DER BEHAUPTETE, DER DOLCH HÄTTE ZAUBERKRAFT. ER SOLL AUF DEN MENSCHEN WEISEN, DESSEN LEBEN IN GEFAHR IST.

SEHEN SIE SICH DAS DING DOCH MAL AN.

!

OH!!!

VERZEIHEN SIE BITTE... ICH HOFFE, SIE NEHMEN ES NICHT ALS BÖSES OMEN.

ABER NEIN, DAS WAR DOCH ZUFALL... AUSSERDEM GLAUBE ICH NICHT AN OMEN.

KUHUIJ

KEINE SORGE, DAS IST NUR DER WIND. ICH GLAUBE, ES GIBT EIN UNWETTER!	OOOOOOH	SCHNELL! DAS WAR PROFESSOR SICLONES STIMME!
SEIN ZIMMER IST LEER! ER MUSS AUS DEM FENSTER GEKLETTERT SEIN.	HILFE! HELFEN SIE MIR! — DAS IST DIE STIMME MEINER FRAU!	OOH!
SIE WURDE GERADE BEWUSSTLOS, ALS ICH HEREINKAM... — NIEMAND DA!	MEIN GOTT! EIN GESPENST! ICH HABE EIN GESPENST GESEHEN... SCHRECKLICH!	DER DOLCH IST WEG! ER LAG DOCH AUF DEM TISCH!
SAHIB! SAHIB! DIE GEISTER KOMMEN! ICH SAH EINEN GANZ IN WEISS IN DEN DSCHUNGEL LAUFEN...	SEIT WANN STEHLEN GEISTER DOLCHE?... VERFOLGEN KÖNNEN WIR IHN HEUTE JEDENFALLS NICHT MEHR. DAS HAT ZEIT BIS MORGEN FRÜH. TRINKEN WIR ERST MAL EINEN WHISKY.	

- 52 -

- 53 -

DU KANNST MIR NICHT WIDERSTEHEN!
WAS FÜR EIN HÜBSCHES SPIELZEUG!
PANG
!
?
!
HEISSA! DAS IST LUSTIG! RAM-RAM MACHT PIFF-PAFF!
ICH KRIEGE DICH SCHON NOCH, DU BIEST!
PANG
PANG
ACH SO, ER MEINT DEN SCHMETTERLING!
PIFF-PAFF ALLE...
MACHT NICHTS! GEHEN WIR!
JETZT IST DER FAKIR NATÜRLICH WEG. SINNLOS, IHN ZU SUCHEN! GEHEN WIR ZU DIESEM "MANN-DER-SCHREIBT"... ER KANN JA NUR ZLOTZKY MEINEN.
WENIG SPÄTER...
LEGEN WIR DIE KARTEN AUF DEN TISCH, MR. ZLOTZKY. JEMAND WILL MICH UMBRINGEN. SAGEN SIE MIR, WAS SIE DAMIT ZU TUN HABEN!
ICH?... ICH VERSTEHE NICHT...
KEINE AUSFLÜCHTE! REDEN SIE, UND ZWAR EIN BISSCHEN HOPPLA!
SONST GIBT'S PIFF-PAFF!
WARTEN SIE! ICH... JA... ICH...
ICH WEISS NICHT VIEL... ES IST EINE INTERNATIONALE BANDE VON RAUSCHGIFTSCHMUGGLERN. SIE HABEN BESCHLOSSEN, SIE ZU BESEITIGEN...
UND SIE SIND MITGLIED DIESER BANDE?
ICH... JA... NEIN... DAS HEISST... ES GIBT HIER MITGLIEDER DER BANDE, DIE SIE ERKANNT UND DEN BOSS BENACHRICHTIGT HABEN...
UND WER IST DER BOSS?

- 55 -

HIER IST EIN BRIEF VON DR. FINNEY, ES IST EIN BERICHT ÜBER DIE BEIDEN PATIENTEN.	HM... ACH SO, ICH SEHE... GUT.	PFLEGER, PASSEN SIE BITTE AUF DIE BEIDEN HERREN AUF.

WÜRDEN SIE EINEN AUGENBLICK MITKOMMEN? WEGEN DER FORMALITÄTEN... — GERN.	SIE BRAUCHEN KEINE ANGST ZU HABEN, DIE SIND GANZ HARMLOS.

SEHEN SIE, DAS IST EINE DER ZELLEN, IN DENEN IHRE ARMEN FREUNDE BLEIBEN WERDEN.	KRACH ?	"ER WIRD IHNEN DEN BRIEF SELBST ÜBERREICHEN UND SAGEN, ES BETRÄFE SEINE BEIDEN GEFÄHRTEN. ER IST..."

"...ÜBERAUS GEFÄHRLICH, DESHALB LOCKEN SIE IHN MIT EINEM TRICK IN DIE ZELLE UND NICHT MIT GEWALT. ER WIRD NATÜRLICH BETEUERN, ER SEI VÖLLIG NORMAL..."	SO, MEINE HERREN, IHR UNGLÜCKLICHER FREUND IST BESTENS VERSORGT. — WIR HABEN VOLLES VERTRAUEN ZU IHNEN.	AUF WIEDERSEHEN, MEINE HERREN. — WIEDERSEHEN, ENGELCHEN!	HALLO... JA, BOSS, ICH HABE DEN BRIEF AUSGETAUSCHT UND GESCHRIEBEN, DASS TIM VERRÜCKT IST UND NICHT DIE ANDEREN...

- 57 -

WAS SOLL ICH BLOSS MACHEN? WIE KOMM ICH HIER RAUS? / SCHNELL, TIM. SIE KOMMEN!	TATSÄCHLICH, DA SIND SIE. LASS DIR WAS EINFALLEN, TIM!	JA, DAS GINGE... / RRRRCHT ZZZZZT

LAUF DURCHS TOR, STRUPPI! WIR TREFFEN UNS DRAUSSEN.
WAS HAT ER VOR?

JETZT HEISST ES GUT ZIELEN!

HOPP!

WIEDERSEHEN!

?!

!

UFF! GERETTET!

JETZT NIX WIE WEG!

HALT! HALT! BLEIBEN SIE STEHEN!

VERFLIXT! DER HAT VORFAHRT!
ICH MUSS VERSUCHEN AUFZUSPRINGEN. SONST BIN ICH GELIEFERT...
HE, UND ICH?
SO EIN PECH! ER IST ENTKOMMEN!
WUAAH! WUAAH!
GERETTET! HOFFENTLICH KOMMT STRUPPI AUF DIE IDEE, DEN SCHIENEN NACHZULAUFEN. ICH SPRINGE SO BALD WIE MÖGLICH WIEDER AB.
WELCH GLÜCKLICHER ZUFALL, NICHT WAHR, MEIN FREUND? WIR HATTEN IHRE SPUR VÖLLIG VERLOREN!
DAS FINDE ICH AUCH, EIN GLÜCKSFALL!
TIM! MEIN TIM! ICH WERDE IHN NIEMALS WIEDER SEHEN!
ICH HAB IHN!
ICH AUCH!
GROSSER GOTT! DER SCHAFFNER!
WIR HABEN DEN SCHAFFNER ERWISCHT!
ER KANN NICHT WEIT GEKOMMEN SEIN!
RICHTIG, WIR SIND NICHT WEIT GEKOMMEN.
HALLO? BAHNHOF JAMIJAH? EINER UNSERER PATIENTEN IST GEFLOHEN UND AUF DEN ZUG GESPRUNGEN, DER GLEICH BEI IHNEN HÄLT. ICH BESCHREIBE IHN...

- 60 -

- 61 -

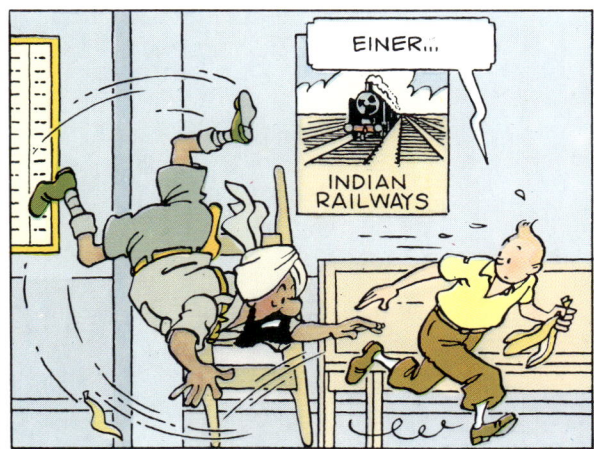

DER DIREKTOR DER ANSTALT WIRD FROH SEIN...
... DIESEN GEFÄHRLICHEN PATIENTEN WIEDERZU-KRIEGEN!
!
DER VERRÜCKTE! WO IST DER VERRÜCKTE GEBLIEBEN?
WIR MÜSSEN IHN FINDEN, TOT ODER LEBENDIG.
?
FREI!... ICH BIN FREI!
WÄHRENDDESSEN...
SO STIRB, DU WIDERLICHE KREATUR!
HALT EIN, DIENER SCHIWAS! EIN SOLCH UNWÜRDIGES OPFER NIMMT DER GOTT NICHT AN...
SIEHST DU, ES HAT GEKLAPPT. ER IST WEG!
ES HAT SOGAR GROSSAR-TIG GEKLAPPT!
BIND IHN LOS!
ICH HAB IHNEN UNRECHT GETAN. SIND DOCH FAMOSE BUR- SCHEN!
GROSSARTIGER EINFALL! DER HUND WIRD UNS ZUM HERRN FÜHREN!
IM DSCHUNGEL...
BEIM HEILIGEN BABLUTH! SEHEN SIE, HOHEIT!

DA HÄNGT EIN JUNGER WEISSER IN DER TIGERFALLE!
VERZEIHEN SIE, MEINE HERREN. WÜRDEN SIE MICH WOHL BEFREIEN?
ABER NATÜRLICH!
SIE HABEN GLÜCK, DASS WIR HIER VORBEIKOMMEN.
WIE KANN ICH IHNEN DANKEN, HERR...
ICH BIN DER MAHARADSCHA VON GAIPAJAMA...
HOHEIT! HOHEIT! DORT! AUF DEM AST! DER HERR DES DSCHUNGELS!
PANG
IHR GÖTTER! ICH HABE IHN VERFEHLT!
GRRR
BITTE, HOHEIT!
?
ZUM PALAST! SIE SIND MEIN GAST, HERR... WIE IST IHR NAME?
TIM. ICH BIN REPORTER.
AM SELBEN ABEND...
?

BEI BRAHMA! DIESE MUSIK?! ♪♪♫♪	NIEMAND DA! ES IST KEINER ZU SEHEN!	SCHRECKLICH! ICH MUSS IHNEN ETWAS SAGEN: MEIN VATER UND MEIN BRUDER SIND KURZ NACHEINANDER VERRÜCKT GEWORDEN, UND JEDES MAL HÖRTEN WIR VORHER DIESE GEISTERMUSIK...	ICH BIN SICHER, DASS DIESMAL ICH GEMEINT BIN... DAS WAR EINE WARNUNG... RADJAIDJAH-SAFT, DAVON WIRD MAN WAHNSINNIG...
ERLAUBEN SIE MIR EINE FRAGE, HOHEIT: ALS IHR VATER UND IHR BRUDER WAHNSINNIG WURDEN, HAT MAN DA EINE WUNDE, EINEN EINSTICH AM ARM ODER AM HALS GEFUNDEN?	ICH GLAUBE NICHT... WARUM? HABEN DIE BEIDEN VIELLEICHT DEN RAUSCHGIFTSCHMUGGEL BEKÄMPFT?	NATÜRLICH! ICH SELBST SETZE DEN KAMPF FORT. HIER IN DER GEGEND WÄCHST MOHN, AUS DEM MAN OPIUM GEWINNT. DIE SCHMUGGLER TERRORISIEREN MEIN VOLK UND ZWINGEN ES, MOHN STATT KORN UND GEMÜSE ANZUBAUEN...	SIE KAUFEN DEN MOHN BILLIG AUF UND VERKAUFEN DEN ARMEN BAUERN ZU WUCHERPREISEN REIS, DEN SIE ZUM LEBEN BRAUCHEN. GEGEN DIESE ORGANISATION KÄMPFEN WIR!

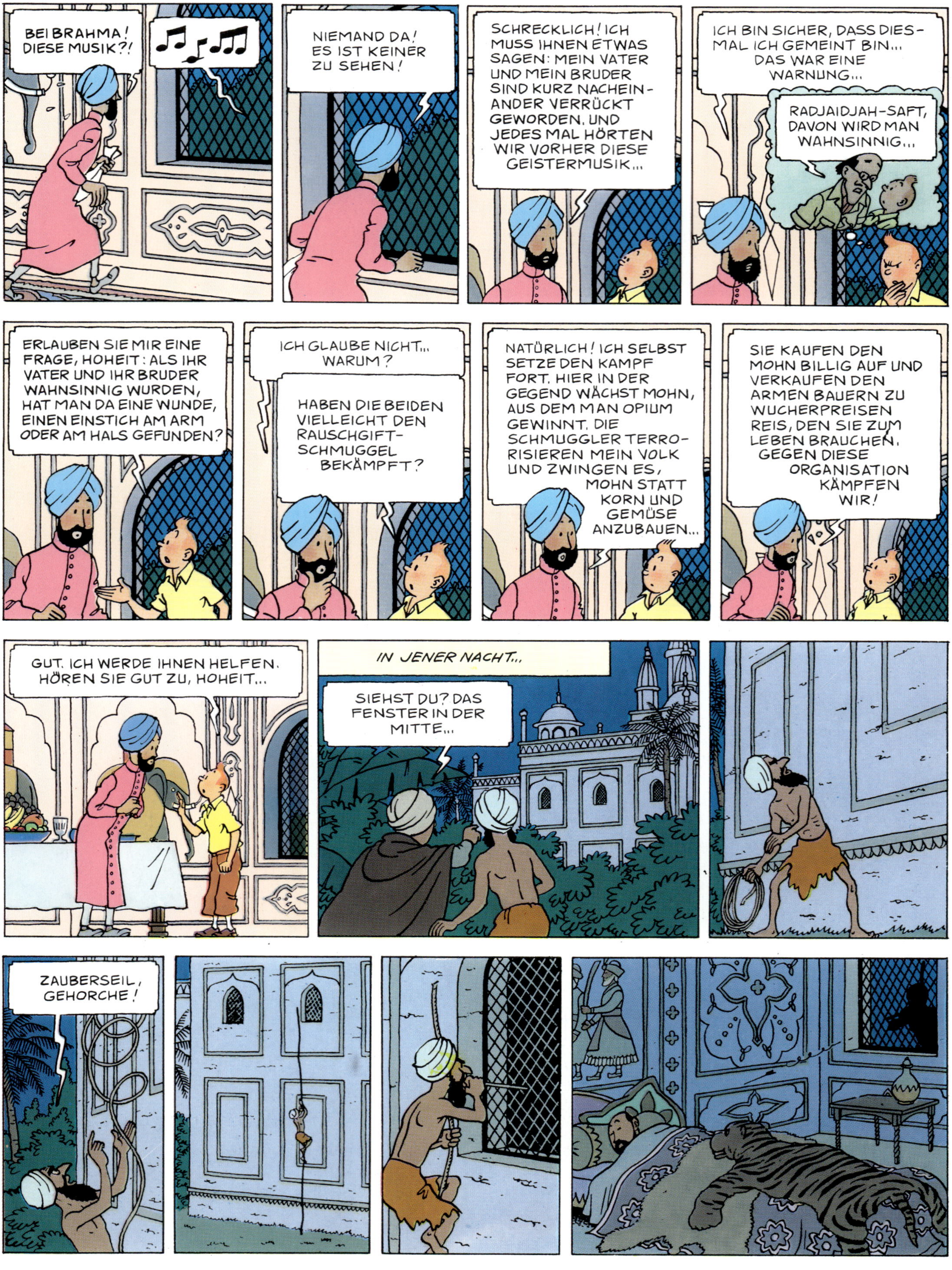

GUT. ICH WERDE IHNEN HELFEN. HÖREN SIE GUT ZU, HOHEIT...

IN JENER NACHT...
SIEHST DU? DAS FENSTER IN DER MITTE...

ZAUBERSEIL, GEHORCHE!

- 65 -

| ! | POCH POCH POCH | VERFLIXT, NOCH EINER! JETZT DARF ICH KEINE ZEIT MEHR VERLIEREN! | AU! |

WUMM PATSCH BOING

NA BITTE!

POCH POCH POCH

!

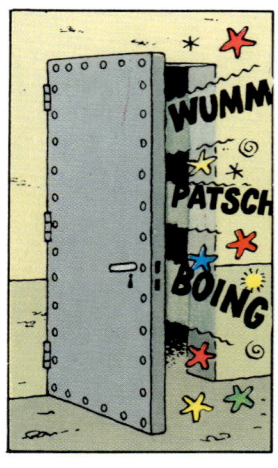

BRÜDER! BIS AUF UNSEREN CHEF, DER LEIDER VERHINDERT IST, SIND WIR VOLLZÄHLIG. DIE SITZUNG KANN BEGINNEN. DAS WORT HAT UNSER BRUDER AUS DEM WESTEN.

ZUERST EINE GUTE NACHRICHT: WIR SIND ENDLICH DEN MAHARADSCHA VON GAIPAJAMA LOS. ER IST SOEBEN DEM WAHNSINN VERFALLEN.

NUN STEHT UNS NICHTS MEHR IM WEGE...

DRRING DRRING DRRING

HALLO?... JA, ZENTRALE? EINE BOTSCHAFT AUS KAIRO?... WIE?... EINEN MOMENT...

BRÜDER, DIE SITUATION IST ERNST. UNSER HAUPTQUARTIER IN KAIRO IST ENTDECKT WORDEN. NUR DER BOSS KONNTE ENTKOMMEN. ER IST AUF DEM WEGE HIERHER...

HALLO?... WIE?... WER HAT WAS?... EINER UNSERER BRÜDER?... ABER WIR SIND ALLE SIEBEN HIER...

BRÜDER, WIR HABEN EINEN SPION UNTER UNS!

? ?

Panel 1	Panel 2	Panel 3	Panel 4

Panel 1: DA ES UNSERE REGELN VERBIETEN, UNSERE GESICHTER VOREINANDER ZU ENTHÜLLEN, WIRD EINER NACH DEM ANDEREN ZU MIR KOMMEN UND DAS KENNWORT SAGEN. WER ES NICHT WEISS, STIRBT AUF DER STELLE.

Panel 2: .... GUT. DER NÄCHSTE.

Panel 3: .... IN ORDNUNG. WEITER.

Panel 4: VERZEIHUNG, ABER ES IST MIR ENTFALLEN... ICH... / HAHA!

Panel 5: MEIN LIEBER FREUND, ICH ZÄHLE BIS DREI. WENN SIE ES MIR BIS DAHIN NICHT GESAGT HABEN, SCHIESSE ICH. / ABER... ICH... ÄH...

Panel 6: EINS...

Panel 7: ZWEI...

Panel 8: HALT! HALT! ES FÄLLT MIR WIEDER EIN: KIH-OSKH UND GAIPAJAMA!

Panel 9: IDIOT! DAS HÄTTEN SIE LEISE SAGEN MÜSSEN! JETZT WISSEN ES ALLE!

Panel 10: ALSO GUT! ICH GEHE INS NEBENZIMMER, UND SIE KOMMEN EINZELN HEREIN UND SAGEN MIR DAS KENNWORT VOM LETZTEN TREFFEN.

Panel 11: DER ERSTE.

Panel 12: DER NÄCHSTE!

Panel 13: DER NÄCHSTE!

Panel 14: DER LETZTE.

| | | KEINE SCHLECHTE ARBEIT... EIN GLÜCK, DASS ICH ALS ERSTER RAUSGERUFEN WURDE. NUN WOLLEN WIR UNS MAL DIE GESICHTER DIESER HERREN ANSEHEN! |

DER FAKIR, EIN JAPANER, HERR UND FRAU SNOWBALL, DER OBERST, DER MICH ZUM TODE VERURTEILTE, UND DER SEKRETÄR DES MAHARADSCHAS... UNGLAUBLICH!

TIM?...HIER?

FRECHHEIT, ZU GLAUBEN, DASS ER MICH, EINEN DIPLOMIERTEN FAKIR, FESSELN KÖNNTE!

DER FAKIR... ER IST GEFLOHEN!

VERFLIXT! ER DARF MIR NICHT ENTWISCHEN!

HA! JETZT BIST DU IN MEINER HAND!

- 68 -

AUAAH!

AAAARH!

?

HÄNDE HOCH!

STRUPPI!

HERZLICHEN GLÜCKWUNSCH, MEIN FREUND, SIE HABEN EIN MEISTERSTÜCK VOLLBRACHT!

NANU? WOLLEN SIE MICH DENN NICHT MEHR EINSPERREN?

NEIN, JETZT WISSEN WIR, DASS SIE UNSCHULDIG SIND. DIE POLIZEI IN KAIRO HAT UNS TELEFONISCH BENACHRICHTIGT, DASS SIE DAS GRAB DES PHARAOS KIH-OSKH AUSGERÄUMT HAT, DAS EINER INTERNATIONALEN RAUSCHGIFTBANDE ALS SCHLUPFWINKEL DIENTE...

UNTER DEN BESCHLAGNAHMTEN PAPIEREN WAR EINE LISTE MIT DEN NAMEN IHRER GEFÄHRLICHSTEN GEGNER. AUCH DER MAHARADSCHA UND SIE STANDEN DARAUF. AUSSERDEM WURDE EIN PLAN VON DIESEM SCHLUPFWINKEL GEFUNDEN... UND NUN SIND WIR HIER.

ICH WÜRDE SAGEN: GERADE ZUR RECHTEN ZEIT!

UND ICH VERDANKE IHNEN MEIN LEBEN, LIEBER HERR TIM. DIE PUPPE, DIE SIE IN MEIN BETT GELEGT HABEN, IST VON EINEM PFEIL GETROFFEN WORDEN, DER MIR GALT!

KLACK!

DER FAKIR! ER IST SCHON WIEDER ENTKOMMEN!

OH, DIESER BANDIT! ER HAT UNS EINGESCHLOSSEN!

WARTEN SIE! ICH HAB EINEN DIETRICH.

BIS WIR DIE TÜR AUFHABEN, IST ER MEILENWEIT WEG. SINNLOS, IHN ZU VERFOLGEN. WIR NEHMEN IHN UNS SPÄTER VOR. ERST GEHEN WIR IN DEN PALAST UND HOLEN VERSTÄRKUNG FÜR DIE ANDEREN GEFANGENEN.

WENIG SPÄTER, IM PALAST...

HERR! HERR! SEINE HOHEIT, EUER SOHN, IST ENTFÜHRT WORDEN! VON ZWEI MÄNNERN IN EINEM AUTO!

- 70 -

DIESE GANGSTER! ICH HAB'S DOCH GEAHNT!	ICH KRIEG IHN NICHT... HALT DU IHN IN SCHACH... ICH HAU MIT DEM BENGEL AB.	WO ZUM TEUFEL STECKT ER? ICH SEHE IHN NICHT MEHR!	HÄNDE HOCH, DU BLINDSCHLEICHE! WAFFE WEG!
SO IST ES BESSER! ÜBRIGENS, MEIN REVOLVER WAR GAR NICHT GELADEN!	WAS FÜR EIN ZUFALL! MEINER AUCH NICHT... JETZT RECHNEN WIR AB!		
!	DAS HÄTTE ICH SELBST NICHT BESSER GEKONNT!	STRUPPI, PASS AUF DEN FAKIR AUF! ICH MUSS HINTER DEM MANN HER.	
ZUM TEUFEL! IMMER HABE ICH DIESEN TOLLWÜTIGEN KERL AUF DEN FERSEN...	WARTE, BURSCHE... KOMM RUHIG NÄHER...	HILFE!	

- 72 -

EINIGE TAGE SPÄTER...

HOCH RAMSES II.!

HE, LINKSAUSSEN, ABGEBEN!

ES LEBE SESOSTRIS!

SCHÖNES DRIBBLING! ...UND...TOR!

HOHEIT, KÖNNTEN SIE DIESE BEIDEN MÄNNER NICHT IN DEN PALAST BRINGEN LASSEN? SIE BRAUCHEN HILFE...

NACH DEM FESTZUG...

ICH GRÜSSE EUCH, EDLER PHARAO!

SIE SIND IMMER NOCH KRANK... BRINGEN SIE DEN HERREN ZIGARREN...

HALT! ES IST VERBOTEN, DIE ZIGARREN PHARAOS ZU BERÜHREN!

SAGEN SIE, WOHER HABEN SIE DIESE ZIGARREN?	SIE GEHÖREN DEM EHEMALIGEN SEKRETÄR DES MAHARADSCHAS. ICH WEISS, WO ER SIE AUFBEWAHRTE, UND ALS ICH EBEN KEINE ANDEREN FAND...	ICH HABE ES GEAHNT, DIE GLEICHEN ZIGARREN WIE IM GRAB VON KIH-OSKH UND BEI DEM OBERST IN ARABIEN! JETZT WILL ICH ES WISSEN...
DAS HABE ICH ERWARTET: IMITATIONEN! DAS DECKBLATT AUS TABAK UND DARUNTER STECKT OPIUM, EIN GANZ EINFACHER TRICK, ABER DARAUF IST DIE POLIZEI DER HALBEN WELT REINGEFALLEN.	BEGLEITEN SIE BITTE DIE BEIDEN HERREN HINAUS...	UNSER WAGEN! VIELEN DANK. / MEINE HERREN, IHR WAGEN IST VORGEFAHREN.

DIE BEIDEN SIND IN GUTEN HÄNDEN... UND SIE, MEIN FREUND, HABEN EINEN ORDENTLICHEN URLAUB VERDIENT, NACHDEM SIE DIE WELT UND MEIN LAND VON DIESEN SCHURKEN BEFREIT HABEN...

ICH FÜRCHTE NUR, HOHEIT, RAUSCHGIFTSCHMUGGEL WIRD ES IMMER WIEDER GEBEN...

ENDE

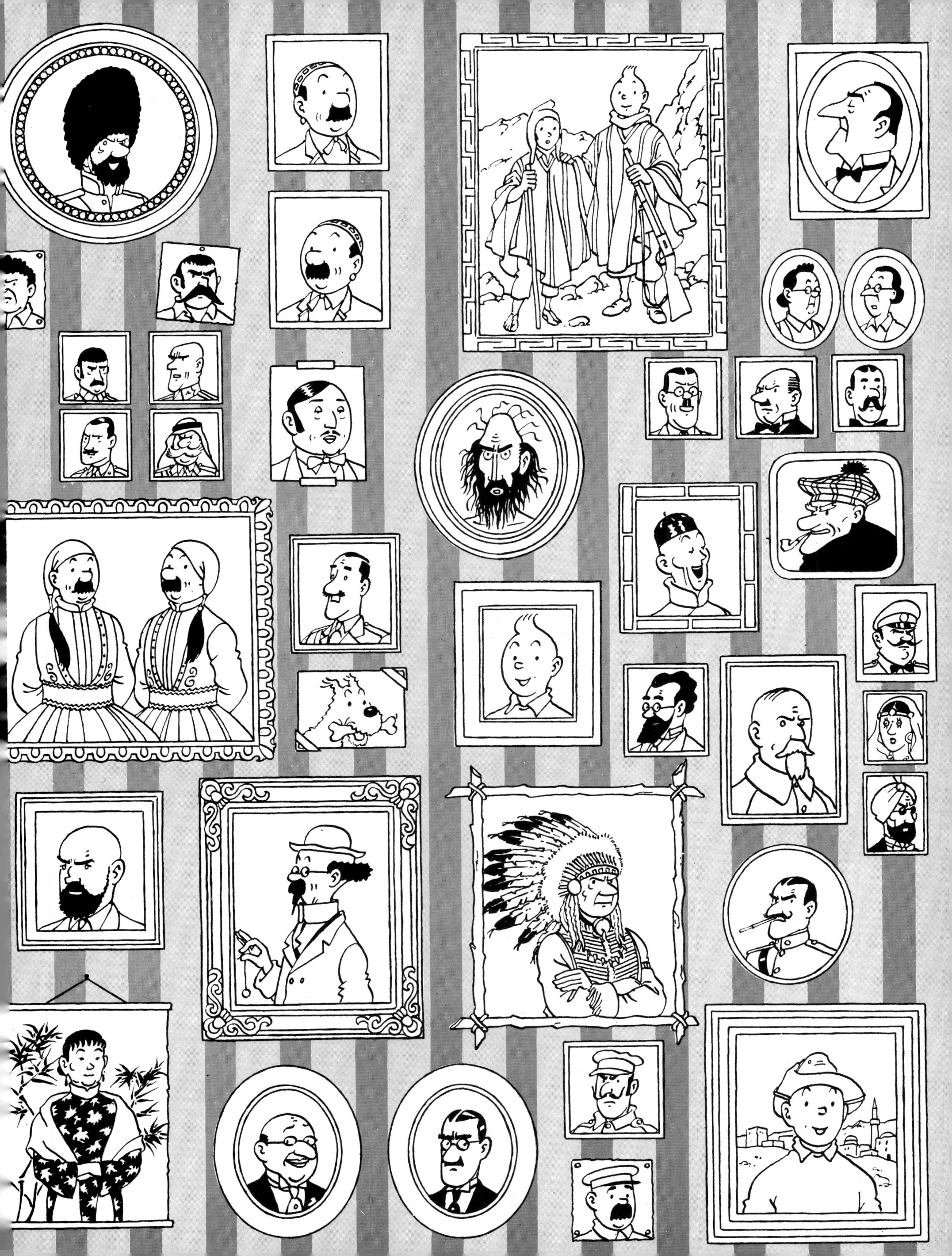

Werbung für das Kaufhaus *L'Innovation* aus dem Jahre 1931.

POPOL UND VIRGINIA

BEI DEN LANGOHR-
INDIANERN

Auch die Helden Popol und Virginia zierten oftmals die Titelblätter von *Le Petit Vingtième*. Hier die Ausgabe vom 8. Februar 1934.

Drei Versionen einer Geschichte

Popol und Virginia bei den Langohr-Indianern zählt in Hergés Werk aus formalen und inhaltlichen Gründen zu den eher ungewöhnlichen Projekten. Die endgültige Fassung ist das Ergebnis einer langen Reihe stets neuer Bearbeitungen, an denen sich sehr schön studieren lässt, warum Hergé manche seiner Geschichten immer wieder neu in Szene setzte.

Als ersten Vorläufer von *Popol und Virginia* kann man die noch nicht signierten Seiten unter dem Titel *Les Aventures de «Tim» l'écureuil au Far-West (Die Abenteuer des Eichhörnchens «Tim» im Wilden Westen)* ansehen, die im Herbst 1931 in einer frei verteilten Werbezeitschrift des Brüsseler Warenhauses L'Innovation erschienen sind. Bei dieser insgesamt 32 Seiten umfassenden Geschichte, die in kurzen Abschnitten als Fortsetzung veröffentlicht wurde, handelte es sich noch nicht um einen Comic im heutigen Sinne, sondern eher um eine Bildergeschichte, wie man sie hierzulande durch *Max und Moritz* oder *Petzi* kennt:

Erzähltext und Illustrationen waren noch klar voneinander getrennt. Diese Urfassung wurde 1987 in dem bei Casterman erschienenen Band *Hergé, Les débuts d'un illustrateur* wieder zugänglich gemacht, nachdem sie zuvor über lange Zeit nur Insidern in vollem Umfang bekannt war.

Zwei Jahre später tauchte das Konzept unter dem Titel *Les Aventures de Tom et Millie (Die Abenteuer von Tom und Millie)* in *Pim et Pom*, den Sonderseiten für Kinder in der wöchentlichen Sonderbeilage *Pim – Vie heureuse* der Tageszeitung La Meuse wieder auf. Hier erschienen insgesamt 20 Seiten der Serie: Zunächst die auf 2 Seiten abgeschlossene Geschichte *Qui veut la fin veut les moyens (Der Zweck heiligt die Mittel*, erschienen am 7. Februar 1933), die noch in schwarzweiß gehalten war, dann die sich über neun Ausgaben erstreckende Fortsetzungsgeschichte *Tom et Millie à la recherche du soleil (Tom und Millie auf der Suche nach der Sonne,* erschienen zwischen dem 14. Februar und dem 11. April 1933) in schwarz, rot und weiß. Die Hauptfiguren waren nun Bären und keine Eichhörnchen mehr, die Gestaltung folgte der moderneren Ausprägung des Comics, das heißt es wurden Sprechblasen und klare Bildrahmen verwendet. Ein interessantes Detail am Rande: Diese Serie war mit den umgedrehten Initialen »R.G.« gezeichnet, aus denen Georges Remi ja bekanntlich seinen Künstlernamen »Hergé« ableitete.

Zu ihren heute bekannten Namen fanden die tierischen Helden dann erst in der vom 8. Februar bis zum 16. August 1934 in *Le Petit Vingtième* zunächst schwarzweiß veröffentlichten Geschichte *Les Aventures de Popol et Virginie au Far-West* (Die Abenteuer von Popol und Virginia im Wilden Westen), die 1948 für die belgische Ausgabe des Magazins *Tintin* schließlich eingefärbt, mit dem Titel *Popol et Virginie au Pays des Lapinos* versehen und in dieser Fassung 1952 dann erstmals auch als Buch herausgegeben wurde.

Ein Experiment ohne Zukunft

Dass Hergé das Grundkonzept der Serie auch nach der Entdeckung seines Helden Tim noch einmal aufgriff, lässt sich wohl vor allem dadurch erklären, dass ihn an sich die Idee einer Vermischung aus realistischen Dekors und phantastischen, weil tierischen Figuren faszinierte, er aber schließlich einsehen musste, dass seine genuinen Stärken in anderen Bereichen lagen. In einem Interview formulierte er selbst das einmal so: »Es sollte ein Versuch sein, Tiere agieren zu lassen, aber ich habe schnell bemerkt, dass mir das nicht sehr lag. Darum bin ich bald zu richtigen Personen zurückgekehrt.« (Numa Sadoul: *Tintin et moi*, Casterman 1975)

Die ersten Seiten des Albums sind zweifellos auch seine stärksten. Obwohl die Geschichte sich an ein kindliches Publikum richtete, gelang Hergé es hier auf höchst amüsante Weise, einige Grundregeln des wirtschaftlichen Lebens und seiner in jenen Tagen deutlich spürbaren Schat-

Auszug aus der Serie *Les aventures de «Tim» l'écureuil au Far-West* (1931).

Zwei weitere Titelblätter von *Le Petit Vingtième* mit den beiden bärigen Helden (12. April und 3. Mai 1934).

tenseiten darzustellen. Es braucht nicht viel Phantasie, um hinter den unschuldigen Beschreibungen einige der zu jener Zeit von Hergé bevorzugten Themen zu erkennen. Der Hutmacher Popol sieht seine Geschäfte deutlich zurückgehen, weil es neuerdings in Mode gekommen ist, barhäuptig zu gehen. Da er aber nicht zu den Personen gehört, die immer nur jammern und nichts tun, bricht er zusammen mit seiner geliebten Virginia auf, um sein Glück im Land der unbegrenzten Möglichkeiten zu suchen.

So ziehen die beiden Teddybären los in den Wilden Westen, wo sie sich schon bald mit ihrem Geschäft niederlassen. Nur Kunden müssen sie jetzt noch finden. Also starten sie eine originelle Werbekampagne, mit deren Hilfe schon nach wenigen Stunden Hüte bei den Indianern groß in Mode kommen. Das wiederum erregt aber die Missgunst des Medizinmannes der Langohr-Indianer, weil die Nachfrage nach dem von ihm verbreiteten Federschmuck ob des neuen Trends stark abnimmt. Er kann den Häuptling des Stammes davon überzeugen, sich für seine Sache stark zu machen. So kommt es schon bald zu einem Wirtschaftskrieg, der mit politischen Argumenten ausgetragen wird: »Kauft Langohr-Produkte und boykottiert ausländische Ware!«

Die sich auf der Basis der geschilderten Zusammenhänge nun entspinnende Handlung zeigt deutliche Parallelen zu dem ein Jahr später entstandenen *Tim und Struppi*-Album *Der Arumbaya-Fetisch*. Auch in *Popol und Virginia* gibt es einen Waffenhändler, der sich nicht scheut, Profit aus dem Streit zu schlagen, indem er seine Pfeile an beide Parteien des Konflikts verkauft. Dank seiner Erfindung eines Pfeilmaschinengewehrs siegt Popol am Ende der Geschichte dann allerdings doch noch.

Der Rest der Geschichte ist leider nicht so gelungen wie der originelle Beginn, da Hergé das Interesse an den Figuren im Laufe der Arbeit an *Popol und Virginia* mehr und mehr verlor. Dennoch ist sie nicht nur für Hergé-Fans interessant, da sie aufzuzeigen vermag, wie stark Hergés Werk selbst bei einem Abenteuer mit Bären und Hasen als Protagonisten noch mit der Realität gekoppelt ist.

Die deutschen Leser mussten auf eine übersetzte Ausgabe dieses Frühwerks von Hergé übrigens bis zum Jahre 1992 warten. Es erschien im Rahmen der Klassiker-Ausgaben als Hardcover-Band unter dem Titel *Paul und Virginia bei den Langohr-Indianern*.

- HERGÉ -

POPOL UND VIRGINIA BEI DEN LANGOHR-INDIANERN

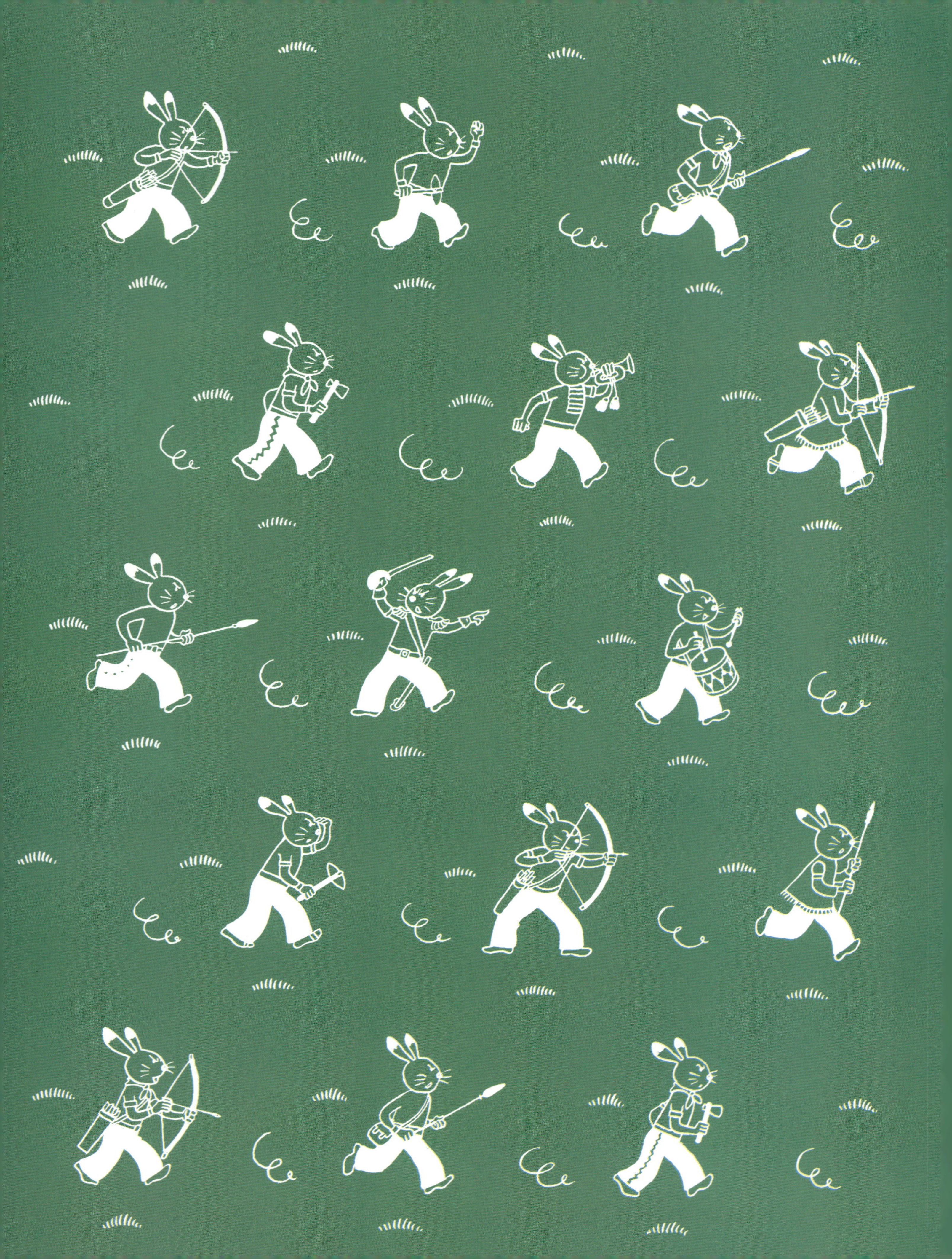

POPOL UND VIRGINIA BEI DEN LANGOHR-INDIANERN

POPOL UND VIRGINIA BEI DEN LANGOHR-INDIANERN

Popol war Hutmacher. Doch seine Geschäfte gingen schlecht, weil Hüte aus der Mode gekommen waren. Da Popol ein Freund schneller Entschlüsse war, verkaufte er den Hutladen und zog mit seiner lieben Virginia aus, sein Glück anderswo zu suchen.

WILDER WESTEN

An einem gastlichen Ort schlugen sie ihr Zelt auf. Das Gras war grün, obwohl es dort wenig regnete. Kurzum: Es war ein kleines Paradies. Doch leider...

Ich fürchte, hier gibt es ziemlich wenig Leute. Ich sehe weit und breit keine Kunden.

POPOL HUTMACHER

Werbung!... Das ist es: Ich muss Werbung treiben. Komm, wir malen ein paar Reklameschilder.	

Und eines schönen Tages kam ein junger Krieger vom Stamm der Langohr-Indianer vorbei, der gerade auf Bisonjagd war...

JAGDGRÜNDE DER LANGOHR-INDIANER

!

SIE BRAUCHEN EINEN HUT! POPOL

Virginia!... Da kommt ein Kunde!

— Wo hast du den schönen Hut her?
— Hab ich bei einem Bleichgesicht gekauft.

Plötzlich sind Hüte groß in Mode. Jeder Langohr-Indianer will einen haben.

Aber dem Medizinmann gefällt das gar nicht, denn mit seinen Geschäften geht es bergab...

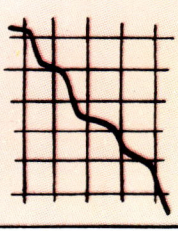

Ich muss die Lage mit dem Häuptling besprechen.

FEDERNZUCHT-SPEZIALITÄT: KOPFSCHMUCK FÜR HÄUPTLINGE

"Wir haben heute 38 Zylinder, 17 Melonen, und 12 Filzhüte verkauft, meine liebe Virginia. Wenn das so weitergeht, müssen wir unser Geschäft erweitern."

"O edler Häuptling der Langohren, die Anwesenheit dieses Popol in unserem Land ist ein großes Unglück. Ich werde meine Federn nicht mehr los!"

"Hm, das ist schlimm. Deine Geschäfte liegen mir sehr am Herzen."

"Aber keine Sorge, lass mich nur machen!"

"Der Häuptling der Langohren ruft alle Stammesbrüder zu einer politischen Versammlung..."

"Jawohl, meine edlen, tapferen Langohren, eine große Gefahr droht uns allen! Da der Fremde mit seinen Geschäften hier so erfolgreich ist, wird er bald Verwandte, Freunde und Freunde seiner Freunde zu sich holen. Das bedeutet für uns Arbeitslosigkeit und Elend. Aber lassen wir es nicht so weit kommen! Verteidigen wir unsere Freiheit und Unabhängigkeit, vertreiben wir den Eindringling aus unserem Land!"

KAUFT LANGOHR-WAREN

BOYKOTTIERT AUSLÄNDISCHE PRODUKTE

Tod den Bleichgesichtern!

ACHTUNG
HIERMIT IST DIE ALLGEMEINE MOBILMACHUNG ANGEORDNET. MOBILMACHUNG HEISST NICHT KRIEG.

DIE LANGOHR-REGIERUNG

Die Einberufenen nehmen Abschied...

Die Kriegsvorbereitungen schreiten zügig voran...

Das Kriegsbeil ist ausgegraben! Möge der große Manitou seinen Söhnen den Sieg schenken!

Währenddessen schlafen Popol und Virginia friedlich. Sie ahnen nichts von der drohenden Gefahr...

Einige Tage vergehen. Nach und nach erfasst das Kriegsfieber alle Langohren.

PREISLISTE

KRIEGSBEMALUNG $2
PHANTASIEMOTIVE $5
ZEREMONIENMALEREI $7

DIE FARBEN TROCKNEN INNERHALB 10 MINUTEN.

KRIEGS-PFAD

- 90 -

Merkwürdig... Seit zehn Tagen kommt überhaupt kein Kunde mehr!
Virginia! Hipp-hipp-hurra, die Kunden kommen! Eine ganze Schlange!
ÜBERSETZUNG:
Kriegserklärung der Langohren an Popol, den Hutmacher
Kriegserklärung?!
Gib sofort den Befehl zum Angriff!
Wird erledigt!

Unter furchterregendem Kriegsgeschrei gehen die Langohren zum Angriff über.

KAYAAH! KAYAAH! KAYAAH!

Bleib immer schön hinter mir, Virginia!

Hast du noch Pfeile? Meine sind alle.

Meine leider auch.

– Wir haben keine Munition mehr, Herr Hauptmann!
– Teufel auch! Die Lage ist ernst...

PFEILEFABRIK

WER DEN FRIEDEN WILL, RÜSTET FÜR DEN KRIEG.

5.000 Pfeile für den Stamm der Langohren?... Gut.

Und ab damit an die Front...

Wenn die glauben, ich lasse mich unterkriegen...!

Panel 1:
— Mehr habe ich nicht gefunden. Die andern sind alle zerbrochen.
— Das ist dumm... Dann musst du welche kaufen gehen.

Panel 2:
— Schneller, Blaue Blume, dies ist sehr wichtig!

Panel 3:
— 2000 Pfeile für Popol, den Hutmacher?... Gut.

Panel 4:
— Und nun schnell zurück. Lauf, Blaue Blume!

Panel 5:
— Sehr gut. Jetzt sollen sie ruhig kommen.

Brüder, die Stunde hat geschlagen!... Vorwärts!

VORWÄRTS!

KAYAAH!

KAYAAH!

KAYAAH!

9. REGIMENT

Ein tödlicher Pfeilhagel empfängt die Langohren.

TAKATAKATAK **TAKATAKATAK**

TACK TACK TACK TACK TACK TACK

„Chef, wir können unmöglich..."

„»Unmöglich« gibt es für ein Langohr nicht!"

„Ihr seid zu Hunderten, und ein einzelner Mann hält euch in Schach, ihr Hasenfüße!"

„Aber Chef..."

„Also gut! Dann übernehme ich eben selbst das Kommando!"

„Langohren, unsere Ehre steht auf dem Spiel! Wir dürfen uns nicht von einem Bleichgesicht besiegen lassen! Langohren, ich verlasse mich auf euch!"

Virginia, bring mir die Konservenbüchsen! / Alle?	Jawohl, alle!	Hier hast du.
?	FEUER!	
Der Himmel soll mir auf den Kopf fallen, wenn ich den nicht eigenhändig skalpiere!	?	

BUMM

Wir haben sie in die Flucht geschlagen! Wir sind gerettet!

Die Langohren sind vernichtend geschlagen.

Sie haben mich liegen gelassen!

OH...OH!	War 🎵 einst ein kleines... RRRRr RRRR
Schnarch du nur, Popol!... Meine Rache wird fürchterlich!	... Segelschi-hiffchen, 🎵 war einst ein 🎵 kleines... 🎵
	So, du freches Bleichgesicht! Wer zuletzt lacht, lacht am besten.

Uaaah... Hab ich gut geschlafen...
Virginia ...
Virginia! Wo steckst du?
O nein... entführt!
Meine arme Virginia!
Aber ich werde sie finden, das schwöre ich!
Blaue Blume, hierher!

Merk dir den Geruch gut! Das Knäuel gehört Virginia und die Feder dem Entführer.
Und jetzt such, Blaue Blume!
!
!
Ah, da ist ja das Lager der Langohren!

Die beiden Krieger bewachen bestimmt das Zelt, in dem sie Virginia gefangen halten.

Vorsicht jetzt... und ruhig Blut!

? ?

„Das ging daneben. Ich muss mir etwas Neues ausdenken..."

„Da ist sie ja!... Merkwürdig, dass sie frei im Lager herumlaufen darf..."

Panel 1: Siehst du Virginia da unten vor dem Zelt, Blaue Blume? Wir müssen sie befreien!

Panel 2: HÜAAH!

Panel 3: Alarm! Alarm!

Panel 4: Schrei du nur! Ich hab meine Virginia schon!

Panel 5: Gerettet, Virginia!

Panel 6: O nein... das ist ja gar nicht Virginia!

Er hat es gewagt, in unser Lager einzudringen!

So ein Schurke!... Aber das soll er büßen!

Was haben sie jetzt vor?

Ich fürchte, ich weiß es!... Aber sie werden doch nicht...

Morgen bei Tagesanbruch wirst du an den Marterpfahl gefesselt!

"Nein, das darf ich nicht zulassen!"

"Ich habe eine Idee!"

Im Schutz der Dunkelheit schleicht sich Popol lautlos ins Lager der Langohren...

...wo er ein geheimnisvolles Werk beginnt.

"So, das wäre erledigt. Jetzt heißt's abwarten..."

Tags darauf bei Sonnenaufgang...

Meine Brüder mögen ihr Können zeigen!

Das verstehe ich nicht...

— 107 —

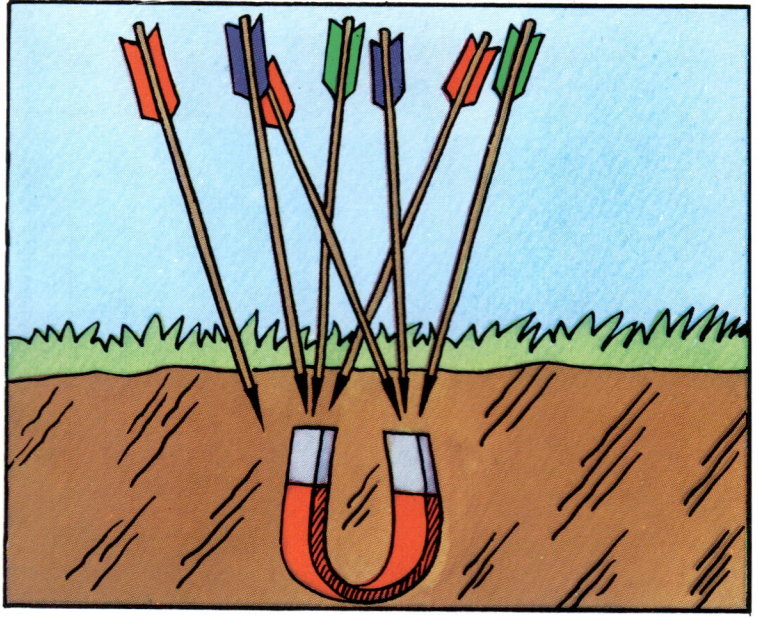

Wunderbar! Der Trick funktioniert!

Ihr seid Esel und Stümper, alle miteinander!

Seht her, ich zeige euch, wie man so was macht!

Es ist schier unglaublich... auch der Tomahawk des Häuptlings bohrt sich vor Virginias Füßen in den Boden!

Hunderttausend tobende Tomahawks, das ist Zaube - rei! Aber dann bringe ich sie eben so um!

- 108 -

!
Schnell!...Schnell...!
Blaue Blume!
Mach deine Sache gut, Blaue Blume, und schnell!
Ja...!
!

"Und jetzt mitten hinein, Blaue Blume! Wir holen Virginia!"

"Schnell!"

Geschafft !
Bildet euch das nur nicht ein, haha !
!
Lauf, Blaue Blume! Schneller! Schneller!

Es ist nicht zu fassen ... der Pfeil folgt uns immer noch!
?
Der Magnet! Jetzt weiß ich, warum der Pfeil dauernd hinter uns herfliegt!
So, das hätten wir erledigt!

Nun sind wir endlich außer Gefahr.
Ja, aber wir müssen eine Pause machen, Blaue Blume kann nicht mehr.
KAYAAH!
KAYAAH!
Sie verfolgen uns! Wir müssen unbedingt weiterreiten!
Aber Blaue Blume ist am Ende ihrer Kräfte!
Vorwärts, Blaue Blume, lauf!
Kayaah!

- 114 -

Halt!... Sie haben die Verfolgung aufgegeben! Bleib stehen, Blaue Blume!

Das Feuerwerk ist gleich vorbei.
Tut mir Leid, Blaue Blume, aber es musste sein... Jetzt kannst du dich ausruhen.
Wir müssen ein paar Tage hier bleiben, damit Blaue Blume wieder zu Kräften kommt.
Ich habe Durst.
Warte hier, ich suche nach Wasser.

!
GOLD?...GOLD!
Virginia!... Gold!... Ich habe Gold gefunden!
GOLD!
Der Fluss ist voller Gold!
Jetzt sind wir ja reich, Popol!
Was hast du denn...?
!

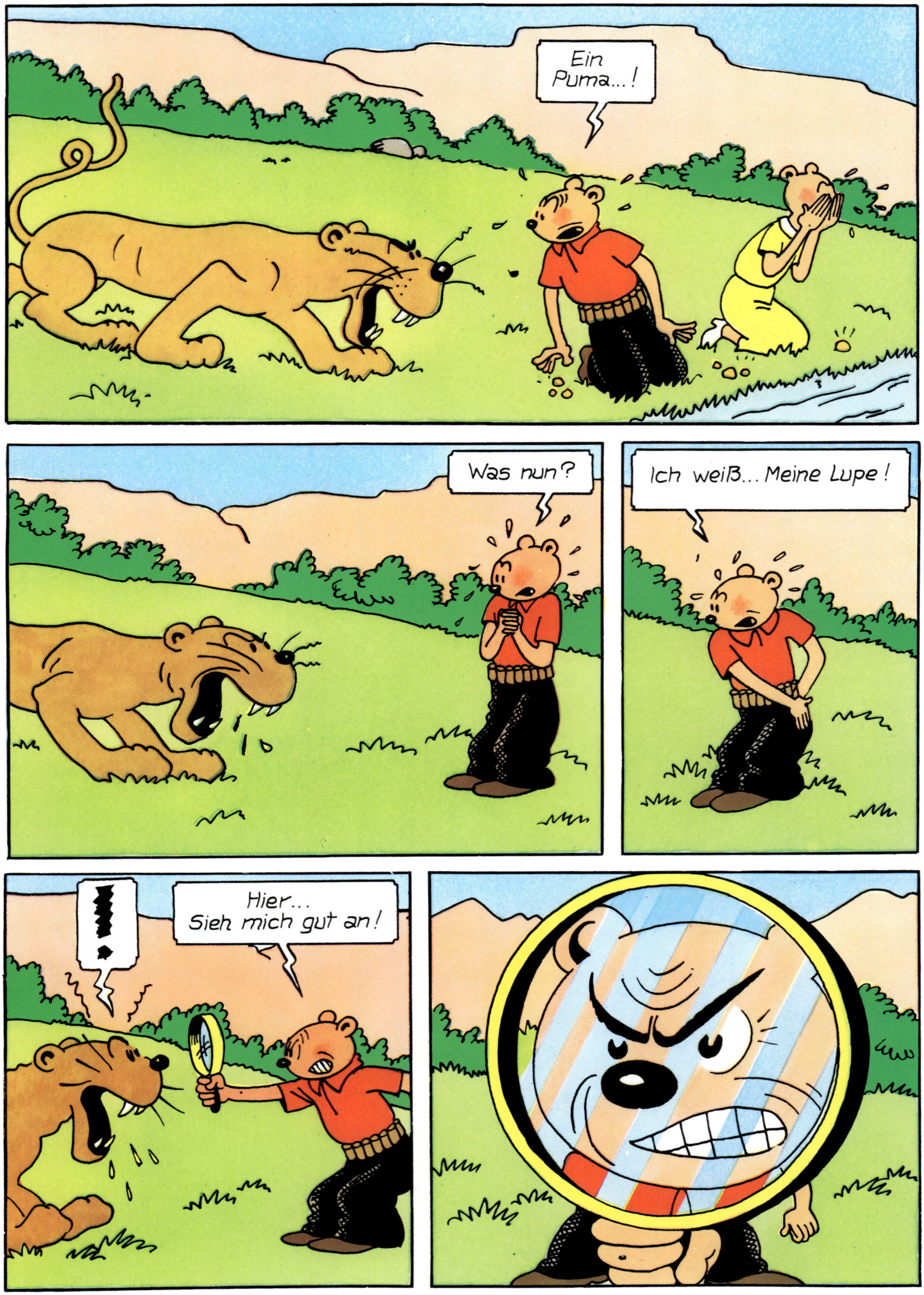

Ein Puma...!
Was nun?
Ich weiß... Meine Lupe!
!
Hier... Sieh mich gut an!

WOUAAAARRH

Alter Feigling!

Der kommt so bald nicht wieder, Virginia.

Ein Vermögen, Virginia! Wir haben ein riesiges Vermögen gefunden!

Hör mal, Popol, man sagt doch, Geld macht nicht glücklich. Aber Gold schon, oder?

Doch ganz in der Nähe lauert der gewissenlose Bandit Bully Bull...

Glücklich und mit Gold beladen, machen Popol und Virginia sich auf den Rückweg...
Tralala lalala dumdideldum
Da kommen sie! Jetzt gilt's!
Hände hoch!
Hör auf zu flennen!

Und etwas mehr Beeilung, sonst kommen wir ins Unwetter!

Rein da!

Ich wünsche mir schon lange eine Haushälterin. Von jetzt an wirst du für mich kochen und putzen!

Als Erstes wienerst du meine Stiefel! Aber dalli!

Dein Freund wird nasse Füße kriegen.

Wer weiß, ob ich das überlebe...

KRACH BUMM

Das nennt man Glück im Unglück...!

Aber wie rette ich Virginia aus der Gewalt dieses Unholds?

Es hat aufgehört zu regnen. Also los!

Eine Hütte!

POCH
POCH
POCH

Uff... Vielleicht finde ich hier Hilfe...

Du?!
Hehe, da bist du also wieder! Aber du kommst mir nicht mehr lange in die Quere!
!
Geschafft!

Na, war das nicht ein guter Einfall, Virginia? Du bist wundervoll, Popol!	?
Hölle und Teufel, jetzt reißt mir aber die Geduld! Ich schlag die Tür ein!	BUMM!
Noch mal mit voller Wucht! Das werden wir gleich haben...	Die Tür hält nicht mehr lange! Was nun?

— 126 —

Ach, sollen sie doch...! Ich hab ja noch ihr Gold.	Donner auch! Sie haben das Gold mitgenommen!
Jetzt aber aufs Pferd und hinterher!	Tausend Millionen biestige Bisons! Das Pferd haben sie auch mitgenommen!
♪♫♪♫♪♫	Aber da fällt mir was ein...!

Panel 1: Ich nehme die Abkürzung und lauere ihnen auf dem Pfad auf!

Panel 2: Hoffentlich komme ich noch rechtzeitig...!

Panel 3: Und jetzt...

(Sign: SANTA BARBARA ← 8 MILES)

Panel 4: (Sign: SANTA BARBARA ← 8 MILES)

Panel 5: Hehehe!

(Sign: SANTA BARBARA → 8 MILES)

— 128 —

Panel 1: Da, noch 8 Meilen bis zur nächsten Stadt!

SANTA BARBARA 8 MILES

Panel 3: Ein Haus!... Das gehört bestimmt schon zur Stadt...

Panel 4: Komisch, das sieht genauso aus wie die Hütte des Banditen...

Ach, weißt du, hier sehen die Häuser alle gleich aus.

POCH POCH POCH

Panel 5: Herein!

Hörst du? Der klingt ganz freundlich!

Panel 6: Ich bitte ihn erst mal um ein Glas Wasser.

Hehehe ... Eine gelungene Überraschung, was?
?
?
Jja, das war schlau eingefädelt. Wir sind Ihre Gefangenen.
Was ist denn...?
OH!
Das hier, Schurke!
Eine gelungene Überraschung, was?

Und schön die Hände hoch!
Blaue Blume!
Bist du bereit ?
PÄNG
Der fliegt bestimmt bis nach Santa Barbara !

In Santa Barbara...

$ 5000 BELOHNUNG
BULLY BULL

SHERIFF

5.000 Dollar, das ist ein Haufen Geld... Aber Bully Bull ist gefährlich!

?

BULLY BULL!

Tralala... Die 5.000 Dollar gehören mir!
Immer mit der Ruhe, Leute! Noch ist das letzte Wort nicht gesprochen!
Komm schon, Blaue Blume, trau dich!
Brauchst keine Angst zu haben, die Brücke hält!
!

Halt fest, Popol, ich zieh dich hoch!

Aber beeil dich!

Los, Blaue Blume, streng dich mal ein bisschen an!

Gerettet !
Meine Güte... Da geht's aber tief runter !
Und was machen wir jetzt ? Wie kommen wir über die Schlucht ?

Du meinst doch nicht, dass wir über das Seil gehen ?
Aber ja. Wie sollen wir sonst auf die andere Seite kommen?
Brauchst gar keine Angst zu haben...
Na bitte !
Da unten sehe ich die Stadt, wir sind gleich da.

Panel 1: Irgendwie muss ich hier raus...

Panel 2: Die Stäbe sehen solide aus. Aber wagen wir mal einen Versuch...

Panel 3: ?

Panel 4: Hehehe, das sieht schon viel besser aus...!

Panel 5: $5000 BELOHNUNG — BULLY BULL

Endlich frei!

Und jetzt schnappe ich mir diese beiden Früchtchen!	Ponol und Virginia ziehen ihres Weges, ohne zu ahnen, in welcher Gefahr sie schweben...

Das sollen sie mir büßen!

? ?	Jetzt geht es dir an den Kragen! — Das fragt sich noch!

Stirb, du Laus! Lassen sie das! Das darf er nicht!

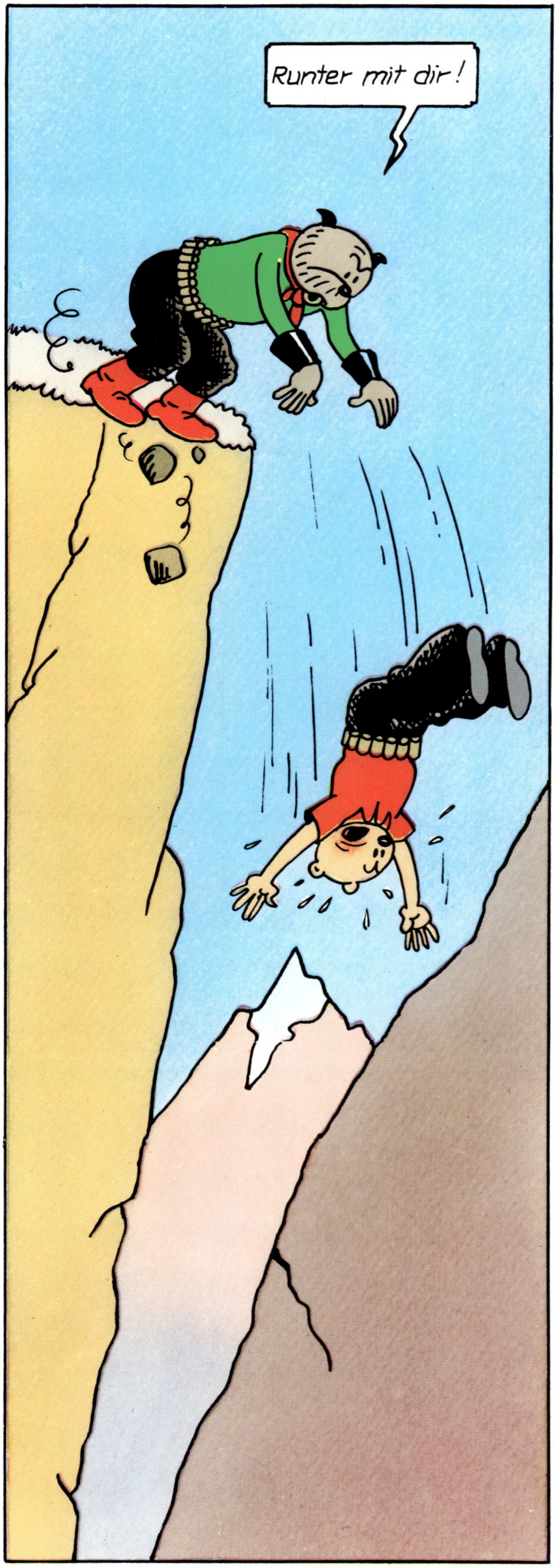
Runter mit dir!

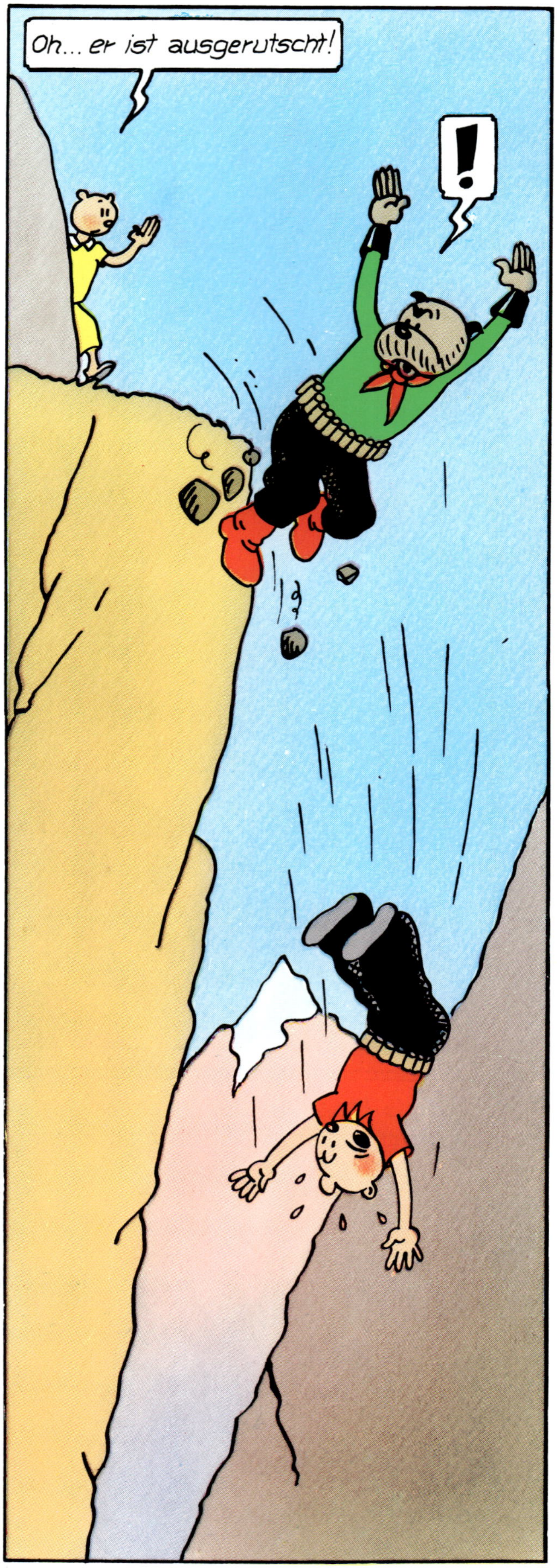
Oh... er ist ausgerutscht!
!

?

Popol, ich komme!

!

Herrchen, ich komme!

- 142 -

- 143 -

...Und so ist der Dank unserer Stadt den Helden gewiss!

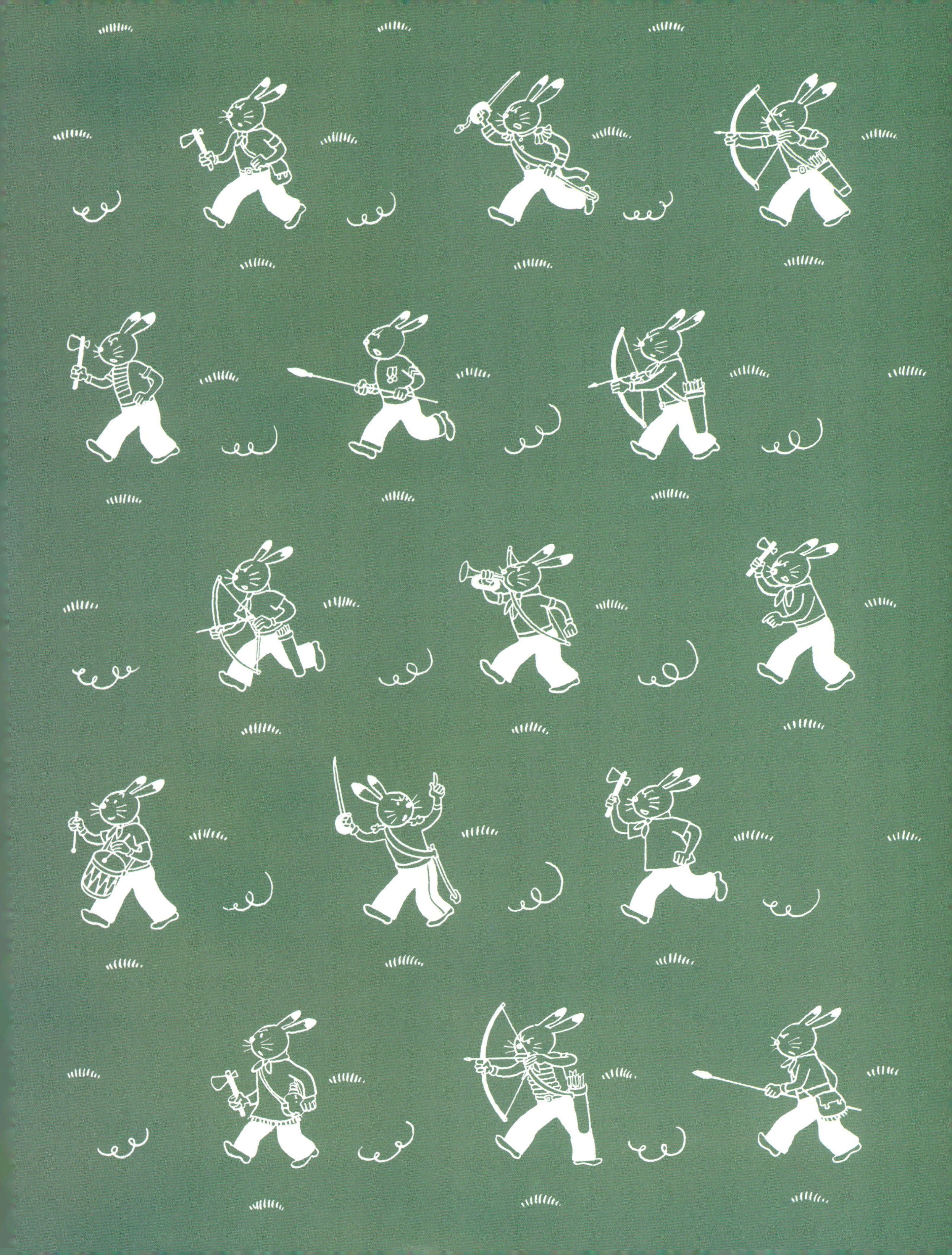

Titelbild einer frühen Buchausgabe der gesammelten Abenteuer von *Stups und Steppke*.

STUPS UND STEPPKE

Wachtmeister Nr. 15 ist verzweifelt: Illustration für das Titelblatt der Ausgabe des *Le Petit Vingtième* vom 25. Oktober 1934.

Eine Karriere mit Höhen und Tiefen

Am 23. Januar 1930, also etwa ein Jahr, nachdem Tim seine Russland-Reise angetreten hatte, tauchten in *Le Petit Vingtième* zwei Brüsseler Lausbuben namens Quick und Flupke auf, die man bei uns heute als Stups und Steppke kennt. Ihre Geburt verdankten sie dem Umstand, dass zu dieser Zeit der Umfang des Magazins von acht auf sechzehn Seiten ausgebaut wurde und die jungen Leser sich vor allem mehr Geschichten aus der Feder von Hergé wünschten. Die Streiche der beiden Chaoten erschienen bis zum Jahr 1935 wöchentlich, danach nur noch in sehr unregelmäßiger Folge. 1937 erschienen nur noch sechs Gags, 1938 fünf, sieben im Jahr 1939 und einer im Jahr 1940. Insgesamt sollten Stups und Steppke so über 300 kurze Abenteuer erleben, von denen ein Teil zwischen 1947 und 1952 in einer colorierten Fassung noch einmal Einzug in das Magazin *Tintin* hielt. Stups und Steppke hatten daneben übrigens noch zwei »Verwandte« namens Fred und Mile, die 1931 in einem für das katholische Magazin *Mon Avenir* entstandenen Zweiseiter einen einmaligen Auftritt hatten, der dem Konzept von *Stups und Steppke* sehr nahe kam.

In den Jahren 1931 und 1932 erschienen zwei Buchausgaben von den gesammelten Gags von *Stups und Steppke* aus *Le Petit Vingtième,* 1934 folgten drei weitere Bände bei Casterman. 15 Jahre später startete Casterman eine Albenausgabe im Kleinformat, in der bis 1969 in insgesamt 11 Bänden rund die Hälfte der neu konzipierten Gags einen Abdruck erfuhr. Zwischen 1975 und 1982 folgten sechs Bände, die den gleichen Inhalt präsentierten, von 1985 bis 1991 erschien dann in einer zwölfbändigen Ausgabe die aktuelle französische Ausgabe, in der auch einige Strips integriert sind, die Johan De Moor nach Skizzen Hergés in Reinzeichnung gebracht hat. Diese Neuumsetzung ist darauf zurückzuführen, dass 1984 das Studio Graphoui 260 kurze Trickfilme von je einer Minute nach den Lausbubengeschichten umgesetzt hatte, für die die Strips zum Teil noch einmal modernisiert wurden.

Unter welchem Aspekt man die Serie auch immer betrachtet, so scheint sie immer wieder das genaue Gegenteil zu den Abenteuern Tims zu sein. Stets hat man den Eindruck, als habe Hergé hier all das eingebracht, was er in den *Tim und Struppi*-Alben nicht verwenden konnte. Der deutlichste Unterschied ist, dass es sich bei *Stups und Steppke* nicht um ausgeklügelt erzählte Geschichten mit Überraschungseffekten und raffinierten Spannungsbögen handelt, sondern um einfache Gags, die auf jeweils zwei Seiten entwickelt werden. Dabei gibt es nichts Exotisches, keine Reisen in unerforschte Länder, sondern einzig Erlebnisse in einer ganz alltäglichen Umwelt. Alle Folgen spielen in den Straßen der Brüsseler Altstadt Marolles.

Ein weiterer Unterschied besteht darin, dass bei *Tim und Struppi* stets Ereignisse von außen auftreten und die Helden das ganze Album über bemüht sind, alles wieder ins rechte Lot zu bringen. Bei *Stups und Steppke* hingegen sind die Hauptpersonen selbst die Unruhestifter und haben nichts anderes im Sinn, als ihre zu Beginn einer Episode noch wohl geordnete Welt auf den Kopf zu stellen.

punkt eingenommen. Die beiden Lausbuben provozieren alles, was ihnen an Autoritätspersonen über den Weg läuft: Eltern, Polizei und Lehrer. Da wundert es kaum, dass dieses Infragestellen der Autorität manchmal fast in einem politischen Anarchismus gipfelt, dessen Opfer mehr als einmal Hitler und Mussolini waren, die in der Redeweise der Erwachsenen karikiert wurden.

Zum Hauptopfer von Stups und Steppkes nicht immer harmlosen Streichen entwickelte sich der brave Polizist des Viertels, Wachtmeister Nr. 15, dessen Streifengebiet sich über einige Häuserblocks erstreckt. Er ist der Peiniger und Aufseher der beiden, aber oft auch ihr Verbündeter. Er übernimmt die Funktion der Verbindung zwischen der Welt der Kinder und der der Erwachsenen.

In den frühen *Stups und Steppke*-Geschichten finden sich zahlreiche Anspielungen auf die aktuelle politische Situation in Europa.

Spielregeln stehen Kopf

Gerade das macht den Reiz der oftmals unterschätzten Serie aus: Dadurch, dass die Erwachsenen und die Umwelt aus der Sicht der Kinder gezeigt werden, wird bei *Stups und Steppke* ein wirklich kindlicher Stand-

Titelbild des *Le Petit Vingtième* vom 5. März 1936.

Mehr als einmal zeigt er seine kindlichen Züge deutlich: Er spielt mit Stups und Steppke Murmeln, macht mit ihnen Bockspringen oder amüsiert sich mit ihnen dabei, die elektrische Eisenbahn entgleisen zu lassen. Und wenn er manchmal die Schleudern der beiden konfisziert, so scheint das doch oft genug nur zu geschehen, weil er sie selbst benutzen will. Vom Charakter ähnelt der Polizist Nr. 15 somit eher Bienlein als den beiden Schul(t)zes.

Die Ironie und Respektlosigkeit der Serie geht sogar so weit, dass sie die ehernen Gesetze der Comics in Frage stellt und parodiert. Immer wieder enthüllte Hergé hier die Spielregeln des Mediums, um sie in Gags zu verarbeiten. So sind in einer Geschichte beispielsweise die Alben von Stups und Steppke zu sehen, und anderer Stelle tritt Hergé sogar selbst in Erscheinung, allerdings nur, um sich von seinen eigenen Figuren hereinlegen zu lassen, die nicht einmal vor ihrem geistigen Vater Respekt zu haben scheinen. In anderen Folgen stoßen sich die Figuren an den Bildrahmen oder radieren die Details aus den Bildern, die ihnen nicht passen.

Auch der Zeichner selbst wird in den frühen Folgen zum Opfer der beiden Lausbuben. Hier muss er eine Standpauke über sich ergehen lassen.

Im Schatten von Tim und Struppi

Nach dem Krieg wurde Hergé von *Tim und Struppi* so sehr in Anspruch genommen, dass er sich gezwungen sah, die Arbeit an *Stups und Steppke* aufzugeben. Von da an wurden die Erlebnisse seiner Lausbuben durch seine Mitarbeiter auf der Grundlage der alten Geschichten neu in Szene gesetzt. »Ich musste die beiden loslassen, weil sie zu viel meiner Zeit in Anspruch nahmen und Tim mir einfach mehr bedeutete«, führte Hergé dazu einmal lapidar aus. Die überarbeiteten Fassungen hatten nicht immer den gleichen Charme wie die alten anarchistischen Folgen in *Le Petit Vingtième,* fanden bei den Lesern aber nicht weniger Gefallen.

Titelbilder der ersten beiden Bände der deutschsprachigen Ausgabe von *Stups und Steppke* aus dem Jahr 1981.

Die *Stups und Steppke*-Geschichten stehen für einen wichtigen Abschnitt in der künstlerischen Entwicklung Hergés. Die Konzentration eines Gags auf eine Folge von nur sieben oder acht Bildern waren eine wichtige Schulung für den später für Hergé charakteristischen Rhythmus seiner Bilderfolgen. Bei *Tim und Struppi* fand das besonders in den Figuren Haddocks und Bienleins seinen Niederschlag. Die Szenen, in denen Hergé ganze Episoden um ein Gummiband oder ein Heftpflaster ausspann, haben ihren Ursprung in den Gags von Stups und Steppke.

Der Erfolg der Serie im französischsprachigen Raum liegt weniger in den kleinen und oftmals klassischen Gags begründet, als vielmehr in der Darstellung der Welt aus der Sicht der Kinder. Es ist Hergé erstaunlich gut gelungen, hier stets den richtigen Ton zu treffen und sich gekonnt in eine kindliche Sichtweise hineinzufühlen. Dass Stups und Steppke auch heute noch nichts von ihrer ursprünglichen Frische verloren haben, liegt sicher hauptsächlich in diesem Element begründet.

Im deutschsprachigen Raum konnte die Serie *Stups und Steppke* sich trotz aller durch *Max und Moritz* herausgebildeten Tradition für Lausbubengeschichten nie recht etablieren. Zwar startete der Carlsen Verlag 1981 eine der kleinformatigen Ausgabe von Casterman entsprechende Edition, musste sie jedoch mangels Erfolges auf dem Markt nach nur drei Bänden wieder einstellen. Auch dem Ehapa Verlag war einige Jahre später nicht mehr Glück beschieden: Die zwischen 1991 und 1994 in fünf Bänden herausgegebene Ausgabe wurde inzwischen wieder aus dem Programm genommen. So machen die in den Bänden der vorliegenden Werkausgabe in loser Folge präsentierten Streiche die Serie, die zu Unrecht immer etwas im Schatten von *Tim und Struppi* stand, dem Publikum hierzulande endlich wieder zugänglich. Wie bei den Abenteuern von *Tim und Struppi* folgt der Abdruck dabei der aktuellen französischen Ausgabe und präsentiert nur in diesem Band als besonderes Bonbon einige Gags der Urfassung in Schwarzweiß, wie sie Ende der dreißiger Jahre in *Le Petit Vingtième* erschien.

DAS KONZERT

Panel 1: WIE WÄR'S MIT EINEM KONZERT? ICH SUCHE MAL EBEN DEN SENDER.

Panel 2: DEUTSCHLAND! ...KRIEGE... ERSTE... JUDE... VATERLAND... SCH... GLEICHBERECHTIGUNG...

Panel 3: ...NOTRE FRANCE... SÉCURITÉ... DÉSARMENT... DÉSARMEMENT... SÉCURITÉ... MON CŒUR... DE PATRIOTE... ...TRICOLORE...

Panel 4: SYNCHRONISATION... MOLEKÜLE... HELIXSTRUKTUR... ELEKTRONEN... DYNAMIK ...EPIROGENESE... BIOCHEMIE... ATOMARER ROTATIONSELLIPSOID ...DIE LITOSPHÄRE ALS TETRAEDER...

Panel 5: ITALIA... ITALIA ...VITTORIA... AZURRA... GIOVINEZZA... GLORIA... ROMA... ITALIA...

Panel 6: 御天用 悲同風 ㄣ廿天

— 153 —

- 154 -

DIE DIKTATOREN

Panel 2: ICH HÖRE HITLERS FLUGZEUG SCHON! — RRRRRRRRH

Panel 3: NA, WIE GEHT'S DIR? — HEIL! GUT — UND DIR?

Panel 4: ICH FREUE MICH, DASS DU DA BIST! KOMM, WIR WOLLEN IN MEINER GONDEL FAHREN! — KLASSE, GONDELN FINDE ICH TOLL!

Panel 5: GUCK MAL, DAHINTEN IST MEIN PALAST! — ICH HABE ZU HAUSE AUCH EINEN PALAST!

Panel 6: PASS BEIM AUSSTEIGEN AUF, DASS DU NICHT INS WASSER FÄLLST!

ALFREBO COP
ZWEI EIS ZU FÜNFZIG!
HEIL! EIN KLASSE-EMPFANG!
DIE GUTE EISCREME
JETZT LASSEN WIR MEINE SCHWARZHEMDEN VORBEIDEFILIEREN!
ICH HABE AUCH SCHWARZHEMDEN. WENN DU MICH BESUCHST...
WIR WOLLEN NICHT GESTÖRT WERDEN - WIR MÜSSEN VERHANDELN!
GUT, „DULCE"!
Betreten verboten! Geheimverhandlung der Diktatoren.
HERGÉ

Frühlingserwachen

Während die Menschen hektisch ihren üblen Geschäften nachgehen...

...bereitet der März, lachend, obwohl es regnet, heimlich den Frühling vor.

Den Gänseblümchen bügelt er ganz leise, weil noch alles schläft, die Halskrausen und poliert ihre Goldknöpfe.

In Obst- und Weingärten ist er der heimliche Perückenmacher, die Mandelbäume bestäubt er mit einer Puderquaste aus Schwanenfedern.

Die Natur erholt sich in ihrem Bett. März schleicht sich in den verlassenen Garten und bindet die Rosenknospen in ihr Korsett aus grünem Samt.

Leise pfeifend gibt er den Amseln erste Gesangsstunden, auf den Feldern streut er Schneeglöckchen und Veilchen in den Wäldern.

An der Quelle, wo der edle Hirsch seinen Durst stillt, poliert er vorsichtig die silbernen Schellen der Maiglöckchen.

Unter den Gräsern drapiert er leuchtend rote Erdbeeren, die nur noch gepflückt werden wollen und flicht ein Schatten spendendes Blätterdach.

Dann, nachdem seine Arbeit getan ist und sich das Ende seiner Herrschaft nähert...

...wendet er, an der Schwelle des Monats April, den Kopf und ruft: »Frühling, du kannst kommen!«

DER BESTRAFTE ZEICHNER

WAS FÄLLT IHNEN EIN?! SIE HABEN EINE GANZE SEITE PLATZ FÜR MEINE ABFAHRT, UND DANN LASSEN SIE MICH GEGEN EINEN BILDRAHMEN FAHREN?!

HERGÉ
ZEICHNER